メディアワークス文庫

冴えない王女の格差婚事情 1

戸野由希

目　次

主な登場人物

ソフィーナ・ハイドランド・カザック
(旧姓ソフィーナ・フォイル・セ・ハイドランド)
カザック王国王太子妃、ハイドランド王国第二王女

フェルドリック・シルニア・カザック
カザック王国王太子

【カザック王国関係】

アレクサンダー・ロッド・フォルデリーク
カザック王国騎士団第一小隊所属、フェルドリックの従弟、公爵家嫡子

フィリシア・ザルアナック・フォルデリーク
カザック王国騎士団第三小隊所属、アレクサンダーの妻

フォースン・ゼ・ルバルゼ
フェルドリックつき執務補佐官、男爵家嫡子

ヘンリック・バードナー
カザック王国騎士団第三小隊所属、ソフィーナの護衛

マット・ジーラット
カザック王国騎士団第三小隊所属、ソフィーナの護衛

【ハイドランド王国関係】

セルシウス・リニレ・キ・ハイドランド
ハイドランド王国王太子、ソフィーナの異母兄

オーレリア・メルケ・キ・ハイドランド
ハイドランド王国第一王女、ソフィーナの異母姉

メリーベル・アーソニア・セ・ハイドランド
ハイドランド国王ウリム二世の正后、ソフィーナの母、故人

アンナ・ミーベルト
ソフィーナの侍女、乳妹

【シャダ王国関係】

ジェイウリット・オルテア・シャダリーケルティ
シャダ王国第三王女

序章

　子供の頃、母の言いつけで親書を携え、とある寺院を訪ねたソフィーナはその道中で結婚式を見た。

　田舎育ちらしい、純朴な印象の新婦と新郎の顔立ちは、強く記憶に残るものではなかったように思う。高く澄んだ青空の下、丁寧に準備されたとわかる衣装を身につけ、色とりどりの花でできた冠を頭に載せて着飾った二人は、家族と友人、村人、はては行きずりの旅人たちの祝福を受けながら、古めかしいけれどよく手入れされた村の教会の前に、寄り添って立っていた。

　幼いソフィーナの脳裏に焼きついたのは、祝福の花びらが舞う中、新婦と新郎がお互いの顔を見て微笑《ほほえ》み合った瞬間。彼らの顔立ちも衣装や花の美しさも、まるで問題ではなかった。二人の優しいその顔はひたすら幸せそうで、美しく見えて、彼らをまったく知らないソフィーナでさえ、なぜか嬉《うれ》しく、温かい気持ちになった。

　彼らの微笑を目にする人々皆が喜んでいる――。

　そして、ソフィーナはあんなふうになりたいと心の底から憧れた。あんなふうに信頼し合って一緒に、穏やかに生きていける相手を見つけたい。

＊＊＊

それから十年後のハイドランド王城。

「大国に嫁ぐのだから相応《ふさわ》しいものを、とお姉さまは仰《おっしゃ》るけれど……」

そんな相手が見つかるどころか影すら感じない日々を送るソフィーナは、対照的に結婚が決まった異母姉の準備に頭を悩ませている。

目の前の机に広がっているのは、国庫の支出予定だ。

「内廷費と宮廷費は今の時点でギリギリ、頼みの綱の予備費もいっぱいいっぱい」

父などは気軽に「今あるものを削れ」と言うけれど、どれもこれも国の皆の命や暮らしに直結するものだ。隣国シャダとの不穏な関係を思えば、国境の防塁の補修や軍備の強化は欠かせないし、今春の雪解け水がひどかったせいで橋の再建や河の浚渫《しゅんせつ》も必須、落盤した鉱山の再整備も当然外せない。

「この上、婚姻にかかるドレスに宝飾品、調度類をすべて最高品質でフルオーダー……」

姉の一生に一度のお祝い事だ。できることはして差し上げたい。けれど、ここ数年続く冷夏のせいでただでさえ財政は厳しい。

「……無理。せめて数を減らして……」

情けない呻《うめ》き声を零《こぼ》して机に突っ伏すと、ソフィーナは「お兄さまと相談するしかないかあ、今日視察からお戻りのはずだし」とため息をついた。父には相談できない。あの人は国の皆の命より、姉の望みを優先する。

「……そうだ、いっそカザックにお願いできないかしら」

南の大国カザックから婚約申し込みの使者が来たのは、一週間ほど前のことだ。父である ハイドランド王が直接応対し、その場で内諾を与えて返したとソフィーナは事後に聞かされ、準備金などを捻出するよう命じられた。

事前交渉も根回しもまったくない、異例としか言えないやり方に首を傾《かし》げる一方、姉のオーレリアの美しさを思えば、外交作法を無視してでも話を進めたくなるのは当然に思えた。カザックの王太子フェルドリックと彼女の出会いは、昨年のオーセリン王族の結婚式と言うから、その時にお互いを見初め、思いを育んできたのかもしれない。

(……あの方に釣り合うのは、お姉さまぐらいだもの)

六年前、そのカザック王太子が金と緑の混ざった不思議な色の瞳を緩ませ、心底楽しそうに『なるほど』と言って笑った顔を思い出す。それから、その人が大きな手でソフィーナの頭をわしゃわしゃっと撫《な》でてくれた感触も。

「…………ほんと、私とは大違い」

思い出をなぞるように、ソフィーナは自分の頭にそっと手を乗せる。初恋の相手との大事な、大事な宝物だった記憶が、今は少しほろ苦い。

「って、そうじゃない」

またも気持ちが沈みそうになって、慌てて頬をぺしぺし叩《たた》いた。

(そうよ、あちらのフェルドリック殿下がそれほどお姉さまに惚《ほ》れ込んでいらっしゃるなら、うまく条件をつけられるかも。そもそもカザックにはカザックの狙いと事情がある。試してみる価値があるわ)

カザックの国としての狙いは、今回の婚姻で結びつきのできるハイドランドを使って、双方の隣国シャダを牽制《けんせい》することにあるはず。ならば、なおのこと婚礼にかかる支度金をカザックに押しつけることができるのではないか――。

そこまで考えてから、ソフィーナは目を瞬《しばた》かせ、眉尻を情けなく下げた。

「フェルドリック殿下どころの話じゃないわ。こんなかわいくないことを考える人間に、そもそも縁談なんか来る訳ない……」

実際たまに出る夜会でもソフィーナに寄ってくるのは、陳情事のある人か、姉への取り次ぎを頼む人だけ。兄が友人たちにソフィーナとの縁談について声をかけても、冗談扱いされるか、丁寧に辞退されるかだ。

いつか見た新婦のようになれるまでの道のりはかなり遠そう、と苦笑した瞬間、執務室の扉が叩かれた。

「ソフィーナ殿下、陛下がお呼びです」

ソフィーナの心ここにあらずな返事に応じて現れたのは、父からの呼び出しを告げる侍従だった。

「ソフィーナです。お呼びと伺い、参じました」

滅多に訪れることのない父の私室。その扉の向こうにいたのは、苦い顔をしている父と憎悪を隠さない妾妃《しょうひ》さま、そして、泣き崩れている異母姉のオーレリアだった。

視察から戻ったばかりなのだろう。傍らには旅装のままの異母兄セルシウスもいて、なぜか厳しい顔をしていた。

「お兄さま、お帰りなさいませ」

「カザックの王太子から、ソフィーナに婚約の申し入れがあった」

一体何事だろう、と戸惑いながら兄に声をかければ、まったく想定にない言葉が返ってきた。言葉が脳を上滑りする。

「……カザック、は、お姉さまと……」

ようやくそう声に出して、困惑のまま父を見る。

先日そう告げてきた張本人に、「書状にお前の名前があったのだ！」と苛立《いらだ》たしげに吐き捨てられ、ソフィーナは顔を曇らせると再び兄に目を向けた。

「フェルドリックさま……」

実母の妾妃さまに背を撫でられつつ、姉が涙声で呟《つぶや》いた。

「確認はするけれど、一応覚悟してほしい」

眉間に深い皺《しわ》を刻んだ兄は、困惑と厳しさを混ぜた声でソフィーナに告げた。

「かくご……」

(とは婚約の？　相手はカザックの王太子、は――)

六年前、大きな手のひらの向こうでソフィーナを見下ろしながら笑った顔がまた蘇《よみがえ》る。

(あの方。と私……？)

「人違いでしょう」

思わず断定した。私ではどう考えてもあの方に釣り合わない、ごく自然にそう思った。

気色ばんで「当たり前です」と返してきたのは妾妃さまだ。ソフィーナを憎々しげに睨《にら》みながら父も頷《うなず》く。

だが、兄はソフィーナだからこそわかる、緊張を含んだ眼差《まなざ》しを向けてきた。

「ソフィーナ、こうなってはどの道こちらに選択権はないんだ」

思わず息をのんだ。

貧しいこの小国をなんとか支えていたハイドランド正后《せいごう》、ソフィーナの実母でもあるメリーベルが亡くなったのは三年ほど前のことだ。彼女が存命の頃から政務を放棄していた父王が妻の死や国の窮状によって変わることはなく、今ではメリーベルに薫陶を受けた兄が国政を担っている。

　弱冠二十歳でいきなり国の命運を負わされ、日に日にやつれていく彼が心配で、彼と同じ教育を受けてきたソフィーナはその手伝いを申し出た。簡単なものから徐々に受け持ちを増やし、困った時は互いに相談し、誰にも話せないことを一緒に悩み、二人は助け合ってここまでやってきた。

　その兄が厳しい顔をしている理由は、だからソフィーナにも理解できた。百年前ならいざ知らず、今のハイドランドにカザックとの約定を反故《ほご》にできる力はない。

　カザックは六十年ほど前の現王朝の建国以来、経済・軍事を着実に発展させ、国民の結束も強い。つい一年前には、フェルドリック王太子指揮のもと、不安定な軍閥政治に陥った西国ドムスクスから仕掛けられた戦争に勝利、その東半分を併合した。元々大きかった国土は、今や大陸の半分以上を占めるまでになっている。

　対するハイドランドは困窮の中にある上に、西国境を接するシャダ王国との関係もよくない。

　現況でカザックとハイドランドが事を構えることは、前者にとって大した痛手ではなくても、後者にとっては致命傷になりうる。

「承知いたしました」

　兄の言葉に頷くと、じわじわと実感が湧いてきた。

（婚約の申し込みは私――）

　歓喜が広がっていく。

（あの方が？　私に？　間違いだとは思うけど、もし、もし本当だったら……？）

　心臓が知らず鼓動を早める。

（あの綺麗《きれい》で賢くも優しい、王者そのものの人が……？　ひょっとしてあの時の私のことを覚えていたのかしら。それならあり得ない話ではないのかも……）

　自分では釣り合わない、そんな夢物語はないと理性が告げる一方で、初恋の記憶と夢を見たいという願望が、じわじわとソフィーナの頭を侵食していく。

「覚悟も承知もいらぬ。賢《さか》しら顔で政務などに関わりおって、民草なんぞに持ち上げられているからといって調子に乗るな。鏡を見てこい」

　吐き捨てた父に、ソフィーナは顔をこわばらせた。

「ああ、メリーベルそっくりだ、忌々しい。そんなお前がカザックの王太子と？　慈悲と恵みの神の愛し子《いとご》と言われている男だぞ、ある訳なかろう」

（………そう、よね）

　浮かびつつあった喜びを恥じて、顔を伏せる。身の程知らずという言葉が浮かんできて、きつく唇を噛《か》みしめた。自分のせいで、あの優しい母が貶《けな》されてしまったことも悲しい。

「的外れな侮辱は慎んでください、父上。そもそも今はそんな話をしているのではありません。事は外交に関わ――」

「可哀相《かわいそう》な私のかわいいオーレリア、大丈夫、気にかけることはない。雪の妖精も恥じらうお前の美貌に魅了されぬ者はこの世におらぬ。王太子は一月後にこちらに来るという話だから、そこでお前とあれを見比べれば、すぐにでも自身の過ちに気づく」

兄の諫《いさ》めを理解できないのか、する気がないのか。父を見る兄の目にあからさまな失望が宿った。

「わかっています……。でもソフィーナと間違われるなんて悲しくて……」

「そうとも、侮辱もいいところだ。大国であることを鼻にかけ、あちこちでもてはやされていい気になっている若造だ、一言言ってやらねばな」

「この二人の何をどう間違えられるというのかしら。確かめてから書状を送ってくればよいものを……。そんな無礼者にオーレリアをやるなんて」

「お父さま、お母さま、フェルドリックさまを悪く仰らないで。それを差し引いてなお本当に素敵な方なのです。間違いはどなたにも……」

間違い――自分でもそう思ってしまうことで、さらに惨めになった。

自らの父母と妹のやり取りを前に小さくため息をついた兄が、ソフィーナに向き直る。

「ソフィーナ、君の意見を聞きたい。シャダはどう出ると思う？」

そうして、ソフィーナは兄と共に父の部屋を辞去した。

背後で扉が閉まり、重い音が古い城の薄暗い廊下に響く。その残響に紛れるように、兄が「あのフェルドリック・シルニア・カザックがそんな間違いをするかな。第一……」と呟くのを聞いた瞬間、心臓がドクリと音を立てた。


その一月後、カザック王太子は本当にやってきた。

「拝顔叶《かな》い、光栄に存じます、ウリム二世ハイドランド国王陛下。フェルドリック・シルニア・カザックと申します」

謁見の間、父が座る玉座の横に並んでいるのは妾妃さまで、姉と兄は逆隣りにいる。兄の抗議むなしく、ソフィーナは不機嫌な父によって彼らの背後にやられていた。

（フェルドリック殿下の勘違いは私のせいじゃないのに……）

この一月の間、父や姉だけでなく、多くの人から物笑いの種にされた。曰《いわ》く、釣り合わない、ソフィーナごときが大国の王太子の、しかも正妃などあり得ない、と。

（……まあ、言われても仕方ないか。確かに釣り合わない以外に言葉がないもの）

彼は相変わらず綺麗だった。太陽の光そのもののような髪、均整のとれた体軀《たいく》に長めの四肢、美しい以外に表現しようのない小さめの顔――兄姉の間から見える彼の姿に、ソフィーナは密《ひそ》やかに息を吐き出した。

ソフィーナは外交などで彼と何度も顔を合わせている。ただ、まともに話せたのは、彼にとって外交舞台のデビューだった、出会いのあの時だけだ。その後彼はどんどん有名になっていって姉のように美しい女性たちに取り囲まれるようになり、ソフィーナなんかが個人的に話せる機会はほとんどなかった。

（お父さまたちのセリフじゃないけど、婚約しようという相手の名前ぐらいちゃんと確かめるべきだわ。おかげでこっちはいい迷惑）

思わず口の両端を下げる。外交の場でやっていい顔ではもちろんないけれど、母も見逃してくれるはずだ。キラキラしたフェルドリックとオーレリアがいるのだ、どうせ誰もソフィーナなんか見ない。

自棄《やけ》気味に開き直った瞬間、記憶と寸分違わない不思議な色の目と視線がかち合って、ソフィーナは息を止めた。

「っ」

まずいと思うのに顔に血が上る。彼の目の端が緩んだ気がしてますます動揺すれば、姉がこちらを振り返った。

幸いと言うべきか、憐《あわ》れみを含んだその目のおかげですぐに落ち着くことができた。

「……」

国賓を迎える挨拶とそれに伴う一連の儀式が済むなり、父は微妙に反り返り、右肘を玉座の肘掛けについてこれ見よがしにため息をついた。

「ご用件は婚約でしたな」

「内諾は頂きましたが、直接ご挨拶をと思いまして」

静かに答えたフェルドリックに、父は大仰に首を横に振った。

「あれから色々考えましてな。求婚相手の名を間違えるような礼儀知らずに、ハイドランドの至宝であるオーレリアを任せてよいものかと」

「間違う？　さて、」

「お父さま、そんなふうに仰らないで」

口を開いたフェルドリックを姉が遮る。彼を擁護するためとはいえ、外交での非礼には違いない。兄が顔を曇らせたのが見えた。

「大丈夫です、フェルドリックさま。その、正直に申し上げれば、わたくしの名をお間違えになるなんて、と食事も喉を通りませんでしたわ。でもこうしてお会いしたら、悩みが消えていくようです」

胸の前で手を組んだ姉にいじらしく見上げられて、フェルドリックは優しく顔全体を綻ばせた。姉の目が潤み、妾妃さまや護衛騎士、周囲の重臣たちまでもが吐息を漏らす。それから全員がソフィーナを見た。嘲笑、憐れみ、姉たちからは優越――。

「……」

母の言いつけだ、いかなる時も平静な顔を保たなくては、と全力を尽くす。が、体の前で組んだ両手にぎゅっと力がこもることまでは止められない。

「確かに誤解を解かなくてはならないようです」

「っ」

けれど、フェルドリックまでもが「誤解」と口にしたことで、ついに視線を床に落としてしまった。

「ソフィーナ殿下」

(――え)

赤いじゅうたんに占められていた視界に、金の鋲《びょう》が打たれたブーツが入った。目をみはった次の瞬間、先ほどまで遠く、小さかった金と緑の瞳に見上げられる。

(……私、の前に、ひ、ひざまずいていらっしゃる……?)

「恥ずかしながら、先の会議で一目惚れいたしました」

はにかんだように笑うその顔に、動揺も驚きも含めて一切の思考が止まった。

「ハイドランド国王陛下から内々に承諾は頂きました。ですが、あなたの口から、私との結婚を了承するという言葉を聞かせてほしい」

「わ、たし、ですか」

「はい、ソフィーナ・フォイル・セ・ハイドランド殿下、私と結婚していただけますか」

「……」

照れたような微笑みに魅入られた。田舎の小さな教会の前に並んで微笑み合っていた夫婦の姿が浮かんでくる。

腕が勝手に上がり、差し出されたフェルドリックの手に重なる。

その手が触れ合った瞬間、彼の唇の両端がすっと上がった。そして、ソフィーナの手の甲に温かい口づけが落ちた。


その晩の婚約披露会は、異様な雰囲気だった。第一王女である姉とその母が欠席、国王たる父もフェルドリックに形式上の挨拶だけして、早々に引っ込んでしまった。

場に集まったハイドランドの貴族たちの多くは、『姉の』婚約披露だと聞かされていたようで、戸惑いを露《あら》わにひどく言いにくそうに祝辞を述べて、そそくさと帰ってしまう。フェルドリックに対してはともかく、その横にいるソフィーナとは目すら合わせてくれない人も珍しくなかった。

「どうぞ」

「ありがとうございます」

（人生色々起きると知ってはいたけれど、さすがにこんな微妙な婚約パーティーは考えてなかった……）

婚約直後だ、普通なら幸せいっぱいでいられるはずなのに、と曇りそうになる顔を必死で堪《こら》えてなんとか微笑み、フェルドリックから差し出されたグラスを受け取った。

（……あら）

口をつけて目を丸くすれば、クスッという音が聞こえた。ワインかと思ったのに、ジュースだ。

「お酒は苦手でいらっしゃるとお伺いしたので」

「……お気遣い嬉しく思います」

いたずらが成功したかのような顔で見られて、アルコールは入っていないはずなのに、頬が熱くなる。

救いはフェルドリックその人だった。おかしな空気に気づいていない訳はないだろうに気にする素振りもなく、丁寧に優しくエスコートし、時に冗談を交えてソフィーナを和ませてくれる。言葉の端々に、姉でもハイドランド王女でもなく、自分を気にかけてくれていることがうかがえて、ひどくくすぐったい。

「フェルドリック殿下、申し訳ない。少し妹をお借りしても？　ソフィ、ちょっといいかな」

なんとか場を保とうと、忙《せわ》しなく客人の間を行き来してくれていた兄から声がかかった。フェルドリックの横で緊張し通しだったソフィーナは、救われたような、名残惜しいような複雑な気分になりながら、彼を見上げる。

「もちろん。ソフィーナ……と呼んでもいいかな。ソフィーナ、いってらっしゃい。ここだけの話、本当は片時も離れたくないのだけれどね」

少し茶目っ気を混ぜて優しく微笑まれて、顔がまた真っ赤になった。

（お母さまがご覧になったら、きっと顔をしかめるわ）

母が常々言っていたように、いかなる時も冷静でいなくては、と思うのに、兄について歩くソフィーナの足元はいつになくふわふわしていた。

「詳しくは行けばわかる」とだけ口にした兄と向かった先は父の部屋だった。入ってすぐ、まるで嵐でも通り過ぎたかのような室内に絶句する。

「陛下、どうかしっかりなさって……っ」

妾妃さまに泣きすがられているのは父だ。真っ白な顔でソファに横たわっている。傍らには姉、そして宮廷医がいて、厳しい顔で父の容態を確かめていた。

そこで初めてソフィーナは、婚約披露会の主役である自分を兄がわざわざ呼び出した理由を悟って蒼褪《あおざ》めた。基本は兄任せといえども父はこの国の王だ。万一があれば、婚約どころじゃない、国政に関わる大事になる。

「……命に別状はございません。いつもの発作です。今回はそれが過ぎたのでしょう。場合によっては、こうして失神することもありますので」

重苦しい沈黙がしばらく続いた後、息を吐き出した宮廷医がそう診断をくだした。父は思い通りにならない時、ヒステリーを起こす。同じことと聞かされて、ソフィーナは兄と顔を見合わせ、そろって脱力した。

「――鏡でその冴えない姿を見るたびに、思い知ればいい」

安堵《あんど》で気が抜けた瞬間、それまでずっと黙っていた姉がぼそりと口にしたのは、父でも国の心配でもなく、ソフィーナへの呪詛《じゅそ》のような言葉だった。

「フェルドリック殿下は政治に賢しらに関わるあなたが珍しかっただけ。すぐにあなたでは釣り合わない、間違えたとお気づきになって後悔なさるわ。それまでせいぜいいい夢を」

美しい顔を歪《ゆが》めて微笑む姉に、背筋に冷たいものが伝った。口を開いたものの、言葉が出てこない。見かねたのか、兄が「ここはもういいからお客さまのお相手を」と言ってくれて部屋の外に出ることはできたけれど、姉の言葉が頭にこびりついてしまった。

（わかっている。カザックは対立する隣国シャダとの兼ね合いで、ハイドランドから妃《きさき》を迎えることにしたって。でも、それでも彼は私を選んでくれた——）

姉の言葉、そしてソフィーナ自身の「私なんか」という卑屈さを見当違いだと言ってほしくて、ソフィーナは戻った会場でフェルドリックの姿を探す。

そして、彼が従者兼護衛騎士の従弟《いとこ》と共に庭園に出たと聞かされて、その後を追った。

（満月——）

ハイドランドの迎賓宮が誇る庭園では、秋バラが盛りを迎えようとしていた。青く澄んだ月光に照らされ、白い花弁が淡く光っている。

秋の虫の音に混ざって、微《かす》かな話し声が聞こえた。低いその声が初恋の相手で、今は自分の婚約者になった人のものだとすぐにわかって面映ゆくなる。庭園の中央、噴水の側《そば》で一際背の高い従弟と向き合っている。

「フェ……」

「セルシウスの懐刀だ。潰しておくに越したことはない」

名を呼ぼうと口を開いたまま、ソフィーナは停止した。

限界まで見開いた目に映るのは、確かにフェルドリックだ。だが、この上なく皮肉に笑っている。先ほどまでとはまったくの別人であるかのように。

「幸い着飾らせる必要もないような姫だ。姉姫ではそうもいかないからね。あれは波風が立つ」

キカザラセル、ヒツヨウ、ガ、ナイ――血がさっと引いた。唇が、指先が、全身が震え出す。四肢の感覚がなくなって小さくよろけ、足音が立つ。

「っ」

その瞬間、フェルドリックの従弟が音を立てて振り向いた。


「……すべて嘘《うそ》、だったのですか？」

声が震えている。きっと恐ろしく情けない顔をしている。でも涙を零すのは絶対に嫌で、ソフィーナは目頭に力を入れてフェルドリックを見つめた。

青い月あかりの下、静かにソフィーナを振り返ったフェルドリックは、先ほどと変わらない、優しい微笑を向けてきた。

「……盗み聞きの挙げ句、随分と人聞きの悪いことを言う」

その笑顔に、否定の言葉が出るに違いないと思ったソフィーナは、自分の愚かさにさらに打ちのめされる。

「優秀な君のことだ、今回の縁談がシャダを見据えた政略だということぐらい、理解しているだろう」

「それ、はそう、ですが……、なら、なぜ、わざわざハイドランドに来てまで、あんなことを……」

「あんなこととは一目惚れと言ったことかな？　大した意味はないよ、せっかくだから、夢を見させてあげようと思っただけ」

まんまと裏切られてショックで思考を鈍らせ、さらに愚行を重ねた。そんな質問、どんな答えが返ってこようと傷を広げるだけ、と少し考えればわかるのに。

「なんにせよ、僕が君を評価していることには変わりがない訳だし、光栄に思ってほしいな。けど……まさかあんな口上を真に受けるとは思わなかった、『エーデルの祝福を受けし賢后』の娘ともあろう人が」

「っ、光栄、に、思われたいと思し召《おぼめ》しであれば、私ではなく、あなたに心酔している姉をお勧めいたします」

「…………へえ、僕がそこまで気に入らない？」

その瞬間、フェルドリックの空気が変わった。声が恐ろしく低く、冷たくなる。

「君には不相応な婚姻だとあちこちで言われているだろうに」

声が震えないよう、亡き母に必死に祈りながらフェルドリックを睨んだソフィーナに、彼は凍える目で応じた。

「不相応だと思うからこそ、申し上げているのです」

(嘘だ、さっきまで舞い上がっていたくせに……)

身の程知らずだったことを今更隠そうとして出した言葉に、ソフィーナ自身が切り裂かれるような痛みを覚えた。惨めで滑稽で、情けなさのあまりついに涙腺が緩み始める。見られたくなくて顔を伏せれば、ため息が聞こえた。

「ごめんね。そう怒らないで。君を蔑《ないがし》ろにする、父君や姉君の鼻を明かしてやりたかったんだ。機嫌を直してくれないか――とでも言いながら、また跪《ひざまず》いてあげようか?」

「っ、いらぬ気遣いですっ、不躾《ぶしつけ》にもほどがありますっ」

「……随分と敵対的だ」

ぎゅっと唇を嚙みしめ、目に力を入れて、フェルドリックを睨み上げたソフィーナに、彼は薄く微笑んだ。

秋夜の冷気を含んだ風が彼の髪を乱し、月光に青白く光らせる。虫の音に混ざって、背後の迎賓宮で奏でられている音楽が微かに聞こえてきた。

無言でいた彼の瞳に酷薄な光が浮かんだ。それに恐怖する。

(聞いてはいけない、絶対にだめ)

そう思って耳をふさごうと思ったのに、体が凍りついたように動かない。

「さっきまでひどく喜んでいたようだけど？　僕に惚れているんだろう？　よかったじゃないか、そんなでも王女で」

輝かしい笑顔を湛《たた》えたまま、美しい唇からこぼれ出た言葉——ショックも行き過ぎると涙すら流れないものだとその時初めて知った。

「——リック、その口を閉じろ。お前のその本性を考えれば、お前のほうがよほど彼女に似つかわしくない」

「っ」

鋭い、怒気を含んだ声に、初めて周囲に意識が向いた。フェルドリックの従弟のアレクサンダー・ロッド・フォルデリークだ。背の高い、闇に溶け込むような黒髪と黒衣のその人は、整った顔に声以上の怒りを載せ、「頭を冷やしてこい」と乱暴にフェルドリックの肩を押しやった。

「アレック——」

「話は後だ、失《う》せろ」

有無を言わせない、鬼気迫る迫力にだろう、フェルドリックが唇を引き結んだ。眉をぐっと寄せ、ソフィーナを見る。ほぼ同時にソフィーナは彼から顔を背けた。顔を見たくないし、見られたくもない。

足音が遠ざかっていき、噴水の水音と虫の鳴き声が耳に戻ってきた。

アレクサンダーはソフィーナが泣くのを必死で堪えていることに気づいているのかもしれない。こちらを見ないし、何も言わなかった。それで助かった。もし慰められでもしたら、惨めで死にたくなっただろうし、フェルドリックの擁護でもされようものなら怒鳴りつけたくなっただろう。

去らないでくれたのもありがたかった。もし一人にされていたら、このままどこかに消えてしまっていたかもしれない。

「……覚悟はしておりました」

長い沈黙の後、ようやく自分の矜持《きょうじ》を保つ必要を思い出したソフィーナがなんとか探り当てた言葉は、そんな情けないものだった。

(嘘ばっかり、さっきまではしゃいでたじゃない。私をちゃんと見ていてくれる人がいたって、それも憧れのあの人が、って……)

手ひどく初恋を失い、さらには自分の愚かさを突きつけられて、ついに視界がにじみ出した。止めなくては、と思うのに、唇まで戦慄《わなな》き出してしまう。

「ソフィーナ殿下、あなたのカザックへのお越しを心からお待ち申し上げている人間はここにもおります。そして、あなたのお人柄を知るほど、同じように思う者は増えていくと確信しております」

「……」

彼の言葉は静かで、どこまでも真摯に響いた。それでほんの少しだけ救われた気がした。

第一章

「ソフィーナさま、到着いたしました」

御者の声から間を置き、コーチの扉が開いた。

「……どうぞ。足元にお気をつけて」

セリドルフ公爵家の嫡男で、古馴染《ふるなじみ》でもあるガードネルが硬い表情で手を差し出してきた。騎士団の一員でもある彼は、ソフィーナの国境までの送別兼護衛をわざわざ買って出てくれたと聞いている。

「ありがとう」

「そんなふうに礼を仰る必要はないと、」

「いつもそう言っていたわね、ガードネル。それももう最後だと思うと寂しいわ」

クスリと笑うと、ソフィーナはその手を借りて馬車を降りた。

「……私も本当に寂しいです」

ガードネルがソフィーナの手を一際強く握り、ぼそりと呟く。

鼻の奥がつんとしたのを隠しながら、

「それにありがとうと言っても、さすがに怒られないかしら」

と笑い、ソフィーナは手をそっと引き抜いた。

緩やかな峠道ではあったが、コーチを引く馬たちには相当な負担だったのだろう。彼らの吐く息は冷たい空気の中で白く濁っている。

向こうでは送りと迎えの者が双方顔を合わせ、さっそく申し送りを始めたようだ。複数の話し声が聞こえてくる。

視線を来し方の麓へと降ろせば、街道が丘陵を縫うように走り、その間を農閑期の畑が埋めている。所々に村が点在していて、どの村からも穏やかな煙が上がっていた。昼食の準備をしているのだろう。

山頂からの寒風がソフィーナの髪を舞い上がらせ、眼下に広がる母国ハイドランドを視界から隠す。ちゃんと目に焼きつけておきたくて、ソフィーナは髪を押さえると口の中で小さく別れの言葉を呟いた。

「ソフィーナさま、もし……、もしも、カザックがお辛《つら》いようであれば、いつでも」

「ガードネル、お兄さまのこと、お願いします」

横に立ったまま同じ景色を見ていたガードネルの発言をソフィーナは遮る。

続くだろう言葉が不適切だからではなく、ソフィーナ個人の願望そのものだからだ。

ソフィーナの行く先にいるのは、あのフェルドリックだ。もし帰ってきていいと声にされてしまえば、国のためにできないとわかっているのに、きっとハイドランドに戻りたくなってしまう。それは個人的にも嫌なのだ——負けを認めるみたいで。

「知っているだろうけれど、ご自身を顧みる暇《いとま》がないほどお忙しいの。多分これからはもっと……」

(私はお兄さまを側で助けることがもうできない)

兄セルシウスの友人でもある彼に、ソフィーナは小さい頃よくかまってもらった。今でも彼と近しい兄が、冗談交じりにソフィーナとの婚約を彼に打診していたことも知っている。それがもし成立していたら、と考えたところで、ソフィーナは小さく首を振った。

「助けてさしあげて」

ガードネルの水色の目を見つめ、願いを託す。

「……もちろんです」

悲しそうな顔をしつつも彼が承諾を返してくれて、ソフィーナはようやくちゃんと微笑むことができた。

近づいてくる足音に、二人は振り返った。

「初めまして、ソフィーナ・フォイル・セ・ハイドランド殿下。ここからは、私、カザック王国騎士団第三小隊長のカーランがご案内いたします」

彼を筆頭に二十名ほどの騎士がソフィーナの前に跪く。黒地に金と銀の刺繡《ししゅう》の施された制服をまとう彼らは皆身なりが整い、所作も美しい。なのに、なぜか威圧感があった。

「名残惜しゅうございますが……ソフィーナさま、道中お気をつけて。寂しくなりますが、ソフィーナさまの新天地でのご多幸を心からお祈り申し上げます」

「ありがとう、ギャザレン。あなたの帰途、そして前途もつつがなきよう」

カザックの小隊長の横に並んだ、ここまで見送ってくれた自国の騎士団長にソフィーナは微笑を浮かべた。

「ソフィーナさま、どうかお幸せに。メリーベルさまは常に見守っておいでです。アンナ、ソフィーナさまを頼みましたよ。あなた自身も体に気をつけなさいね」

「もちろんです。お母さまこそご自愛なさって。お父さまにもお姉さまにもよろしくお伝えください。手紙を書きます」

これまでずっと寄り添ってきてくれた乳母に、ソフィーナは乳妹のアンナと共に別れを告げると、カザックの用意した馬車へと乗り込んだ。

「ハイドランドに」

「カザックに」

「『永久《とわ》の栄光あれ』」

両国騎士団の唱和を合図に馬車は国境を越え、カザック王国へと動き出した。

（ここからカザック……）

公務で何度か訪れたことのある国だ。どの街道を通ってもそうであったように、今度の道もハイドランドからカザックに入った途端に滑らかになる。その違いが自分とこの先にいる、夫となるフェルドリック・シルニア・カザックとの差に思えて、ソフィーナはため息をついた。

＊　＊　＊

「あれ？　絶世の美女って話じゃ……」

「いや、確かに綺麗なんだけどさあ、着飾れば大抵あれぐらいには……なあ」

「しーっ、別人なんですって。あの方は妹のソフィーナ姫で、絶世の美女は姉のオーレリア姫だそうよ」

「絶世の美女、の妹？　なんで本人じゃないのさ」

「せっかく仕事休んで見に来たのになあ」

（がっかりされる花嫁というのも中々ないかも……私、婚約内定の時といい、婚約披露会といい、そんなのばっかり）

輿《こし》入れの馬車の中。国境となっている山脈を越えた所にある街道沿いの宿場町で、ソフィーナは沿道に集まった人々に手を振る。

何が一番問題かといって、開け放した窓から冷たい風と共に入ってくる人々の感想に自分こそが共感を覚えることかもしれない。ついつい苦笑しそうになるが、王族の義務として母に叩きこまれた笑顔は崩せない。

「ほら、あの馬車だよ！　騎士さまがいっぱいいるもん。大変、もう行っちゃう！」

「ハイドランドのおひめさまなんだって。わああ、にこにこだー！」

「ほんとだっ。おひめさまーっ、あ、手ぇ振ってくれた！」

小さな女の子が二人、全力で手を振って馬車を追いかけてくれる。

満面の笑みで走ってくるその様子に、ソフィーナは自分の行いが正しいことをなんとか思い起こした。そうだ、彼らはわざわざ自分のためにやって来てくれているのだ、見た目でがっかりされるなら、せめてふるまいだけも、と。

「でもねえ、なんていうか、フェルドリック殿下と並んだら、見劣りするんじゃないか？」

けれど、今一番、いや、できれば一生聞きたくない名前が耳に届いてしまって、ソフィーナはついに眉根を寄せた。

(言われ慣れてはいるのだけれど)

宿場町を離れて、静かな森へと馬車は入っていく。

人気がなくなったのを機にそっと息を吐き出すと、ソフィーナは向かいに座る乳妹でもあるアンナに目をやった。

ソフィーナを居たたまれなくしているのは、人々が自分を見て発する言葉より何より彼女の表情だった。聞こえてくる、罪がないとはいえ残酷な声に、きっとソフィーナ本人よりも心を痛めている。その証拠に俯《うつむ》き気味の顔は青いし、膝上のドレスを握る手も真っ白、しかも微かに震えている。

「アンナ、そんな顔をしてはだめよ」

優しい乳妹を安心させようと、固く握り締められた彼女の手にソフィーナはそっと手を重ねた。

「ソフィーナさま……。私、悔しいのです。皆ソフィーナさまのことをよく知りもしないのに」

「いいのよ。カザックの皆にもそのうちちゃんと知ってもらうわ。私、そういうの、得意だもの」

ソフィーナが「知っているでしょう？」と茶目っ気を見せて笑うと、アンナはやっと少し笑いを零した。

「そう、ですね。少なくともフェルドリックさまは、姫さまの魅力をご存じな訳ですし。ふふ、もう少しで姫さまとはお呼びできなくなりますね」

気を取り直し、嬉しそうに呟いた乳妹に胸が痛くなる。

「初恋が実るなんて、本当に素敵です」

「そう、ね……」

迂闊《うかつ》にしゃべるなんて、と彼からの求婚に舞い上がっていた自分を、もう何度目だろう、ソフィーナは心の底から恨んだ。

（そう、初恋。だからこそ余計やるせない——）

アンナとの会話を打ち切りたくて、ソフィーナは窓の外へとそっと視線を戻した。

＊＊＊

あれはソフィーナが十二の時、まだ存命だった母に連れられてはるばるオーセリン海洋国を船で訪れた、暑い夏のことだった。

戦時の捕虜の取り扱いについて話し合うというその会議をどうしても見てみたくて、ソフィーナは母を通じて傍聴を各国の代表たちに願い出た。

それぞれの国の王やら王太子、それに準じる人たちが驚き、「子供の遊びではない」

と渋い顔をする中でただ一人、「行く末の楽しみな方ですね」と言って、びっくりするくらい整った顔を優しく緩めて笑いかけてくれた人がいた。当時彼は十九で、出席者の中でも抜きん出て若かったのに、その一言でソフィーナは傍聴を許されることとなった。

彼は会議の場でも目立ちに目立ち、しかもその手並みは鮮やかとしか言いようのないものだった。発言の回数も言葉も多くないのに、要所を必ず押さえてうまく相手の傷をつつき、自尊心をくすぐる。男性でさえ彼の仕草に見惚《みと》れ、柔らかい笑みと言葉で他者の意見をいなしてしまう。

時折母が渋い顔をしていたのも頷けるほど、会議は彼のペースに終始した。

「面白かったかい？」

「は、はい」

会議の終了後、彼はソフィーナを見かけて声をかけてくれた。最初話しかけられた時は、ひどく美しい人だと思って驚いただけで特に何も思わなかったのに、その時は心臓がすくみ上がった。

無礼がないように、とソフィーナは目一杯顔を上げ、背の高い彼の顔を見つめる。彼があの大国、カザックを背負う王太子だと知って、しかもそれに見合う人だと子供心に尊敬を覚えていたから、緊張しないではいられなかった。

「ふふ、変な子だなあ。小難しくて面白くなかったと言うのを期待していたのに」

「難しくはありましたけれど……でも勉強になりました」

「勉強が好きなのかい？」

ハイドランド民話に出てくる陽《ひ》の妖精のように美しい人は、少しだけ首を傾げて微笑んだ。それにかなり動揺したと思う。

「好き、というほどでもないような気がしますけれど、賢くなれば、皆も幸せにできて、自分も幸せになれる、と」

真っ赤になりつつもなんとか答えたソフィーナに目をみはったその人は、

「……なるほど」

そう言って、『本当に』笑った。さっきまでの笑顔が作り物だとはっきりわかるほど綺麗に。そうして、ぐしゃぐしゃっとソフィーナの頭を撫でて去っていった。

それ以降もソフィーナは国際会議などでその人と顔を合わせた。

シャダ王国が裏で糸を引く反乱の迅速な鎮圧、メーベルド王国による麻薬流布の阻止、東の国カルポを拠点とする人身売買の壊滅、ドムスクスとの戦争での完勝など、他国との争いにおいても圧倒的な実力を見せつけた彼の存在感は、そのたびに増していく。

気づけば、彼の名はその容姿と併せて、大陸中で知られるようになっていた。

彼が来る会議には、多くの国の元首が娘を連れて参加するようになり、ソフィーナなんかが個人的に彼と話せる機会はほとんどなかったけれど、それでもソフィーナの彼への憧れは増すばかりだった。彼が見せる為政者としての姿勢に惹《ひ》かれたのだ。

彼はどこかの国の王さまのように、これ見よがしに「民のため」と建前をつけたりはしない。それなのに、彼がする提案や押し通そうとする考えは、かの国の人々のためになることばかり。しかも、余裕がある時には他国の人々のことも考慮に入れているようだった。

私欲のために権力を振りかざすことはないけれど、目的のために必要とあれば、容赦なく力を使い、少々あざとい手を使ってでも必ず結果を手に入れる。

もちろん、いくら憧れても自分には手の届かない人だという自覚はあった。でも、あんな為政者になることはできる。そう強く思い描いて、ソフィーナの努力の原動のひとつになった人。淡い、淡い初恋の人。


一体なんの因果なのか、その憧れの人が手の届く存在になり、それと時ほぼ同じくして、憧れの人では欠片《かけら》もなくなってしまった。そして――この先で自分を待っている。

（……いいえ、待ってなんか絶対にない。あの人のことだもの、せいぜい待ち構えているというところだわ）

今となっては消し去りたい初恋の相手の整った顔を思い浮かべて、ソフィーナは胃の前に左手をやり、ぎゅっと握りしめる。

しかも事は自分だけではすまない。母が違うのにソフィーナをかわいがってくれた六つ年上の兄、セルシウス——母がいない今、父より誰よりソフィーナが大切に思う、ただ一人の肉親にまで負担をかけてしまっている。

深い森の中だというのに、馬車の車輪からソフィーナに伝わってくる振動に変化はない。こんな場所の道にまで行き届いた管理ができる国がソフィーナの嫁ぎ先だと思うと、余計に気が滅入《めい》った。逃げられないと改めて突きつけられた気がした。

そうして沿道の人々に手を振り、合間に後悔したり呪ったりして、馬車で南下すること七日。随伴のカザック騎士団の小隊長の馬がソフィーナの馬車に並んだ。アンナがコーチの窓を開ければ、彼は穏やかに「殿下、そろそろカザレナに入ります」と声をかけてきた。

窓から入り込む、冬にしては温かい空気にソフィーナは目をみはった。

開け放した窓の向こうに見えるのが、カザックの王都カザレナだ。まだ町外れだというのに、通りは隙間も凸凹もなく石畳が敷き詰められ、路地も美しく整えられている。

周囲に広がる住宅地は整然と区画され、小ぢんまりとした感じのいい戸建ての前庭で母親たちが洗濯物を干したり、おしゃべりをしたりしていた。そこかしこの公園では子供たちが楽しそうに遊び、老人がのんびり散歩しているのが見える。

「あー、騎士さまだっ」

「ねえ、お仕事？　頑張ってねー！」

ソフィーナの馬車の周りを固める騎士たちに、子供たちが声をかけてくる。それにいかめしい顔をしている彼らが破顔し、手を振った。

「広いですね。それに賑《にぎ》やか……」

アンナがぼそりと呟いた。


馬車は何度か角を曲がり、最後に王城に続く目抜き通りに入った。通りの両脇にはびっくりするほどたくさんの人たちが集まっていて、ソフィーナを見、口々に何か言っている。その人たちを監視、制御しているのは、黒衣のカザック騎士たちだ。

（これがカザック王国騎士団……出迎えの彼らだけじゃなかったのね。全員こんなふうなのだわ）

騎士たちの動きは整然としていて美しい。だが、軍全体のその印象に反して、個々の体躯、雰囲気、手にしている武器、そのすべてが不揃《ふぞろ》いで、どこか殺伐として見えた。

建国以来、地域戦での敗北はあるものの、最終的にはすべて完勝で終わらせているカザック王国の原動力がこの王国騎士団だ。

国籍も年齢も出身も関係なく、実力本位で選抜された後は、厳しい訓練により強さを、専門の講師による勉学によって教養と品位を身につけさせられ、それができない者は容赦なく振るい落とされると聞いた。彼らは個人として強いだけでなく、将校としても優秀で、他国での将軍レベルにあたる人間が数百人単位で維持され続けている。

(創設者であるアル・ド・ザルアナックはよほど優れた人物だったということかしら)

実質貴族の子息のお遊びと化している祖国の騎士と比べると、能力も性質も根本から異なっているように見えた。

(この騎士団のありようこそがこの国の本質なのね……)

彼らを見つめ、ソフィーナはため息をついた。この国とハイドランドが対峙《たいじ》できる訳がない。

(でも……)

ソフィーナはそんな騎士たちの背後に目を留めて、微笑を顔に浮かべた。

集まった人々の身なりは整い、体つきも祖国ハイドランドと比べて格段にふくよかだ。表情も押しなべて明るく、気力と活力に満ちている。

その後ろに立ち並ぶ商店には、裕福な国の目抜き通りらしく、高価なガラス製の陳列窓が並び、そこを通して溢《あふ》れんばかりの品物が遠目にもうかがえる。

「えー、なんかぱっとしないお姫さまね」

（……相変わらずの言われようだけれど、まあ、いいわ）

とソフィーナは苦笑する。

『民に自由に物を言われては困ると思うような王であってはいけません』

母の教えを思い出して、皆が思うまま話せる国はいい国、とソフィーナは正直者の少女へと笑って手を振った。

それから、目の前に迫ってくる、城というよりは要塞という感じの傷だらけの外観の城を見つめた。

「……大丈夫」

そう小さく呟いて、ソフィーナは唇の両端を上向かせる。

（出発前に悲観していたほどじゃない。きっと私はこの国を好きになれる）

――あの男さえいなければ。


わざわざ出迎えに出てきたフェルドリックを見た瞬間に、嫌な予感はしていた。

元々目立つ金の髪を午後の日差しに煌《きら》めかせつつ歩み寄ってくるその姿を、ソフィーナは馬車の中で顔を引きつらせながら二度見した。

輝かしい微笑で、「ソフィーナ、本当に会いたかった」とコーチから出るソフィーナに手を差し出してきた時は、どの口が言う、と問いただしてしまわないよう、必死で口を噤《つぐ》んだ。

それでも、「疲れただろう」と心配そうに言いながら優しく頬に触れてくれて、そこまでひどくないかも、と少しだけ気分が持ち直した。

送ってくれた騎士たちが苦笑し、アンナや他の侍女たちが憧れを見る目でフェルドリックとソフィーナのやり取りを見守る中、気恥ずかしくはあったが嬉しくもあった。

ハイドランドで別れた際の、フェルドリックとソフィーナしか知らない険悪さと緊張感を思えば、あれはただの売り言葉に買い言葉でフェルドリックの本性はこっちなのだと思いたかった。

「僕が案内するから」

彼はそう言ってソフィーナと腕を絡ませ、城の中のあれこれを説明しながら、用意された部屋までつき添ってくれた。優しく紳士的に、時に冗談を交え、和やかに。

新しい部屋で新しい侍女を紹介されてお茶を出され、苦笑されながら、

「ソフィーナさまもお疲れでしょうから、殿下、ほどほどに」

と、二人きりにされる瞬間までは――。

「てっきり逃げるかと思ったのに、ちゃんと来るとはね」

「まさか。大体こちらが断れないことを殿下はご存じでしょう」

「こんな結婚嫌だって、セルシウスにみっともなく泣きついてくれれば、それはそれで面白かったのに」

扉が閉まるなり冷めた笑いを見せたフェルドリックに、浮上していた分深く突き落とされた。

ソフィーナは泣きたい衝動を隠しつつ、先ほどまでの笑顔を引っ込め、涼しい顔で茶を手に取った。茶の水面が無様に波立ったことにフェルドリックが気づかないよう、真剣に母に祈る。

「国のため、仕事のため——見上げた根性だ。まあ、それが君の取り柄か」

「仰る通りです。ご不満なら今からでも姉はいかが？　お会いして以降、姉『は』ずっとあなたを慕っておりますから、本人も喜ぶでしょう。何より殿下のその輝かしいご容姿にも釣り合います」

「相変わらず僕が気に入らない訳だ」

心にザクザクと刺さる棘《とげ》に気づかないふりをして含みを持たせて微笑めば、彼は彼でくつりと笑って、目の前のカップを手に取った。

「まあ、そういう話になるとわかっていたから、君の父君あてに使者を送ったんだよ。求婚と一目でわかる封書を持たせてね」

「……まさか」

「まさかも何も、案の定君の父君は勝手に姉君あてだと思い込み、その場で内諾をくれただろう」

ソフィーナは目を見開くと、啞然《あぜん》としてフェルドリックを見つめた。

政務を厭《いと》う父は、自分あての親書であってもざっと封書を見るのがせいぜいで、よほど興味のある物以外開封すら兄任せだ。

もし、カザックからの申し込みが他の多くの文書のように大使館を通じた伝書として届けば、かなりの確率で兄が開けていたはずだ。その場合、使者に勝手に内諾を与えることは絶対になかったし、ソフィーナではなく姉のオーレリアはどうかとカザックに打診していただろう。

「じゃあ、わざわざハイドランドにいらしたのも……」

「そうすれば、セルシウスは姉君ではなく君をカザックにやるしかなくなる。彼は君がかわいくて仕方がないようだったからね――いいお兄さんだ。王としてごく優秀でかつ人格者、非の打ち所のない彼の懐刀である君は、同時に彼の弱点でもある」

フェルドリックは愕然《がくぜん》とするソフィーナに、楽しくて仕方がないという笑いを見せた。

皆が姉との人違いだと思う中、既に与えられている内諾を手にやってきたフェルドリック本人がそうではないと否定し、ソフィーナに求婚すれば？　ソフィーナがそれを受けざるを得なくなる一方、父たちの不満はすぐに帰ってしまうフェルドリックではなくソフィーナに向く。実際それで父たちに疎まれたソフィーナの居場所は、ハイドランドにはなくなった……。

「そう睨まないでくれない？　あの段階で君に色々ばれたのは計算外だったけど、まあ、いいよ。だって結局、」

舌でも出すのではないかという調子で話していたフェルドリックは、唐突に言葉を止めた。

「結局、君は今ここにいる」

金と緑の瞳とまっすぐ視線が絡み、息が止まった。が、すぐに逸《そ》らされる。

「君の姉君では仕事の邪魔にしかならない」

「……兄の力を削《そ》ぐことにもなりませんし？」

「……」

無言で含みのある笑いだけを返され、今度はソフィーナが彼から顔を背けた。これほどの扱いを受けていながら、私を望んでくれてのことなのか、と一瞬でも思ってしまった自分が情けなくて仕方がない。

それでも、そこからしばらくは普通に話すことができた。

「カザックはハイドランドに比べて暖かいだろう」

「ええ。それに想像より湿度が高いです。カザックの北部、国境の近辺を越えるとすぐに冬小麦になっていました。夏季の作づけは油脂用植物ですか？」

「豆類も多い。それに伴って、畜産の比率が上がってきた」

「四圃式《よんほしき》はカザックではうまく回っていますか？　ハイドランドでは商品価値の高い羊毛の比重が上がって、土地の囲い込みを行う者が出てきました」

カザックとハイドランドの気候の違い、作物の種類、産業構造……色気のない話はソフィーナの得意とするところだ。相手がフェルドリックだと意識する必要がないこともありがたかった。

お茶のお代わりが尽きたところで、フェルドリックが立ち上がった。見送りのために一緒に扉に向かいながら、ソフィーナは彼に話しかける。

「ところで今後のお話ですが」

「典礼官から説明があるはずだ」

「この先の式典などのことではなく、殿下個人に関することです」

ソフィーナより頭一つ高いフェルドリックは足を止めると、訝《いぶか》しげな顔を下に向けてきた。すべて自分の手のひらの上で進めてきた彼にこんな顔をさせられたことで、少しだけ溜飲《りゅういん》が下がる。

「あの白々しい演技、やめていただけません？」

「……白々しい演技、ね。人聞きの悪い。誰もそうは思わないはずだ」

(演技だってこと、やっぱり否定しないのね……)

大事にするかのようなふりをされるたびにソフィーナ自身が傷つくからとは言えなくて捻《ひね》り出《だ》した苦肉の言葉。その返事にさらに傷つく。そうしてますます自分が嫌いになる。

「私以外は、とつけ加えてくださる？　猫かぶり、お上手ですものね」

心の中に広がっていく悲しみと惨めさを隠そうと白い目を向けたソフィーナに、フェルドリックは乾いた笑いを零した。

「で、殿下とてご面倒でしょう。私も皆をだますのは気が引けます」

「表面上だけであっても仲のいい主《あるじ》夫妻のほうが臣下は楽だ。あの程度のこと、僕にとっては面倒でもなんでもないしね」

想定になかった反応に、苛立ちに微妙な動揺を交えつつ食い下がったが、返ってきた「表面上だけ」という言葉にすぐ後悔した。

フェルドリックはそんなソフィーナから顔を背け気味にして、「そのうち嫌でも皆気づくさ」と呟く。

「それまで利用すればいい。僕たちの何を、誰がどうとらえて、どう行動するか」

フェルドリックは「情報の中でも人に関するものは、特に有益だよ」と言いながら、金と緑の混ざった瞳でソフィーナを冷たく見据えた。

「君はそれができる人間だ」

口元だけ笑いながら、彼は長い人指し指をおもむろにソフィーナの額に置き、下へと動かす。

「……」

固まるソフィーナの眉間、鼻筋を、触れるか触れないかの距離で辿《たど》り、唇で止めた。

その感触と瞳に浮かぶ得体の知れない光に、ソフィーナは全身を震わせる。

「そうして、今に僕から逃げる方法を考えついて実行するだろうさ――させないけどね」

＊　＊　＊

「負債以外の何物でもないこんな土地をよこして、何が賠償だ」

翌日、カザック城の自らの執務室でフェルドリックは一人毒づいた。

軍閥政治に陥り、不安定化した西の隣国ドムスクスから侵略戦争を仕掛けられたのは、一年半ほど前のことだ。カザック王国は当然のごとく勝利し、その代償にかの国の東部地域を得た。だが、その土地に駐屯させている騎士団第四中隊からの報告書たるや、悲惨としか言いようがない。

権力争いに明け暮れるドムスクスの為政者たちは、自らの保身のみに汲々《きゅうきゅう》とし、民の暮らし向きに目を向ける余裕を失ったのだろう。元々貧相だったインフラは今や無残なまでに荒れ果て、工業や商業などいわずもがな、唯一の産業と言っていい農業の生産性ですら惨憺《さんたん》たる数字が並んでいる。食うに事欠いた者たちが大小の犯罪に走り、それから身を守るために自然発生した村ごとの自警組織が互いに反目し、諍《いさか》いが絶えないともある。

「だ、から嫌だったんだ……」

唯一の希望とすがるように確かめた民衆の識字率もカザックに比べて恐ろしく低く、フェルドリックはついに呻き声を漏らした。

理解はしている。戦争、まして侵略を受けたのだ、その対価は払わせなくてはならない。それに、併合した地に対ドムスクスの前線として砦《とりで》などを築けば、戦略上のカザックの優位は揺るぎないものとなる。今後西大陸と交流が増えるだろうことを考えると、その価値はさらに高まる。だが、現状割が悪すぎる。

報告書の末尾に今冬の終わりに餓死者が発生するかもしれないという一文を見つけ、

フェルドリックは盛大に顔を歪めた。

（いっそ砦とその周辺だけに集中して、他は見ないふりをするか。どうせ他人の土地、他民族だ）

と自棄気味に思った瞬間、戦地で見かけた恐ろしく貧しい人々が思い浮かんだ。

次いで、『犠牲になるのはいつも民衆』と口にした幼い少女の凛《りん》として美しい横顔が脳裏に蘇り、無意識に息を止める。

「……………」

手元の書類をしばし睨んだ後、フェルドリックは短く息を吐き出すと、占領地に隣接する地の食料備蓄を放出させると決めて、そこに指示を書き込んだ。

ペンを置き、椅子の背もたれに身を預けて、フェルドリックは背後の窓の外、自らの婚約者となったソフィーナ・フォイル・セ・ハイドランドの居住棟に目を向けた。

（まさか本当にカザックに来るとは……）

昨日出迎えた彼女の瞳の色をその建物の向こうに見える早春の昼空に重ねて、眉間に皺を寄せる。

「真面目なのもあそこまで行くと変人だ」

確実に彼女を押さえようと訪れた王都ハイド。猫をかぶって目論見《もくろみ》通りに事を進めていたというのに、フェルドリックは最後の最後でしくじった。当然婚約を破棄してくるだろうと覚悟していたのに、昨日彼女は予定通りカザレナにやってきた。

『大体こちらが断れないことを殿下はご存じでしょう』

――カザック王太子との結婚という、ハイドランド王女としての義務を果たすために。

それでいて、あの害悪にしかならない醜い姉姫をまたも押しつけようとしてきたこと、姉と違って自分はフェルドリックを慕っていないと強調してきたこと、彼女への態度を白々しいと断じられたことを思い出して、フェルドリックは唇の右端だけを歪《いびつ》に吊《つ》り上《あ》げた。

そこまで厭う相手と国のために結婚するという彼女に対して、軽蔑と尊敬、反発、同情、憐憫《れんびん》、共感、複雑な感情が渦巻いている。そして、物心ついた頃からつきまとわれている、自分自身への嫌悪も。

なんてくだらない人生なのだろう。国のために自分を押し殺し、表面だけを取り繕って生きていく。中身はどうしようもなく空っぽで醜悪なのに、誰もそれに気づかない――そんなフェルドリックに、彼女はこの先つき合わされる。

「……逃げればよかったものを」

昨日逃がさないと言ったのと同じ口でそう呟くと、フェルドリックは「賢いと思いきや実はそうじゃなかったというところか」と肩をすくめ、青灰色の空から顔を背けた。

＊＊＊

贔屓目《ひいきめ》とお世辞すべてを考慮に入れて至極前向きに評価してみたところで、自分の顔は十人並みである――そうソフィーナは自覚している。

ただ言葉にはしない。プライドのためではもちろんなく、下手に声に出そうものなら、優しいアンナや彼女の母でもある乳母が悲しい顔をしながら、必死に否定してくれるからだ。気持ちはとても嬉しいけれど、余計居たたまれなくなる。

それでも、鏡に映った姿を客観的に見れば、否応《いやおう》なしに自分の程度がわかる。そこに映るのは緩く癖の掛かった茶色の髪に、くすんだ灰交じりの青い瞳、幼さの残る丸い顔、その顔に相応しく低めの鼻。バランスこそそこそこ取れていると言えなくないものの、取り立てて目立つパーツのない地味な顔立ち。色が白いのだけが救いだけれど、それにしたって抜けるように、とは絶対に言えない肌。

平均の身長、平均の体重、出てもいなければ、凹《へこ》んでいる訳でもない、そこそこだけ凹凸のある体型――十人並み、普通以外の言葉がない。

もちろん普通、つまり蝶《ちょう》よ花よとはいかなくてもそれなりに扱ってもらえる容貌ではあるはずなのだ、市井であれば。けれど、ソフィーナはハイドランド王国の第二王女として生まれてしまった。結果、生まれてこの方、王宮で働く侍女たちのほうが美しいなどという事態に直面し続けている。

さらには、三か月違いの妾妃腹の姉、第一王女オーレリアがおとぎ話に出てくる妖精もかくやという美女なのも、自身の容姿へのソフィーナの諦めた評価に繋《つな》がった。

姉の白金色の髪は上等な絹のように細く輝き、深い海のように青い大きな瞳はけぶるような長いまつげに覆われ、小さい卵形の顔は雪のように白く透き通り、整った唇はピンク色の深海珊瑚《さんご》のように輝いている。華奢《きゃしゃ》な体つきは儚《はかな》げで、庇護欲《ひごよく》を掻《か》き立《た》てられる。

子供の頃から、ソフィーナはそんな姉とずっと比較されてきた。

父には「お前は良縁など望めない。着飾ったりする暇があったら、勉学に励め」とはっきり言われたたし、姉には「似ているところが一つもない」と不思議そうに言われ、貴族の間では「あれで姉妹とは運命の神は残酷」と噂《うわさ》され、姉の前で「どうしても緊張してしまう」とガチガチになる兄の友人らには、「ソフィーナさまは親しみやすい」とのびのびとふるまわれた。

年頃になってからは夜会などにも出るようになったが、ソフィーナは基本壁の花。そうでない時も、気を使った兄の友人か何か相談事のある年配の人しか話しかけてこないソフィーナに対して、姉はいつも場の中心で華やかな人たちに囲まれていた。

婚約の打診も同じ。縁談が降るようにやってくる姉に対し、ソフィーナのほうは兄が友人に声をかけても対象に見られないと固辞される始末だった。

そんな環境にいたソフィーナがそれほどひねくれないでいられたのは、母と兄のおかげだと思っている。

一時は大陸の盟主となる勢いのあったハイドランドは、建国から三百年経《た》ち、近年ではもっぱら下り坂を転がりつつあった。

ソフィーナの母のメリーベルは、それを辛《かろ》うじて踏みとどまらせた立役者だ。

侯爵家出身の彼女は夫であるウリム二世に代わって財政を立て直し、冷害に耐えうる農業政策を実施して国民の生活を安定させた。多くの条約を外国と結んで貿易を活発化させる一方で、国内の重要産業である鉱山を再開発、採掘方法や取引を見直して採算がとれるようにした。

妾妃の子として生まれた兄は次代の王として、そんな母から英才教育を施された。同時に「実子と変わらない」と自他ともに認めるほど、母にひどくかわいがられた。

次に生まれたオーレリアについては、ウリム二世と妾妃の反対により実現しなかったものの、ソフィーナも兄と同様に扱われ、結果二人は腹違いながらとても近しい。

母の教育があまりに厳しくて嫌になった時、ソフィーナが逃げ込むのは決まって兄の所で、彼はいつも笑ってソフィーナを迎えてくれた。

お茶とお菓子を出し、おしゃべりにつき合い、最後にはソフィーナを膝の上に乗せ、勇敢な騎士が知恵を絞って邪悪なドラゴンを倒す話や悪魔の誘惑に負けて魔女となった娘の話など、様々な物語を語って聞かせてくれた。

そして、必ず「ソフィーナ、賢く、強くおなり。そうして、周りの人と一緒にソフィーナ自身のことも幸せにするんだよ」と締めくくった。

実際ソフィーナがよき王女たろうと努力すればするほど、母だけでなく兄も褒め、喜んでくれた。賢くなれば、自分たちに未来を託してくれているハイドランドの人々を幸せにして、それで自分も幸せになれるとその母と兄が信じてくれているのだ。ならば、それが自分のするべきことだ、とソフィーナは子供心に思い定めた。

この先数十年の月日をかけて、母は緩やかに老いつつもハイドランドの国力を回復し、彼女の跡を兄が継ぐ。美しい姉は乞われて他国に嫁に行っていて、その頃には国民の生活も大分向上しているだろう。

そして、ソフィーナは兄を補佐しつつ、いつか田舎で見た結婚式の新婦のように、にこやかに笑い合える穏やかな相手を見つけて、静かに歳《とし》を重ねていく——はずだったのに。そのために必死で努力してきたのに。

ソフィーナが十五になろうかという時に、その母が病で亡くなった。

国民に『賢后』と慕われた彼女の葬儀は、遺言通り王族らしくない簡素なものだったが、父より誰よりハイドランドの民が嘆き悲しんでくれた。ソフィーナはそれに慰められると同時に母を誇りに思った。

だが、兄にそんな猶予は与えられなかった。国政にまったく興味もなければ危機感もない父に代わって、母の死後は必然的に太子である兄に執務が集中した。ソフィーナが彼を手伝い始めたのは、あまりの激務ぶりに彼まで死んでしまったら、と怯《おび》えたからだ。個人としてだけではなく国の皆を思っても、それほど恐ろしいことはなかった。

それから三年、受け持ちの仕事を徐々に増やして、大分兄にも余裕が出てきた、つい半年前のことだった。カザック王国のフェルドリック王太子からあの巧妙かつ忌々しい婚姻の申し込みがあったのは。

気づくべきだった。先の会議よりずっと前から、フェルドリックはソフィーナと何度も顔を合わせている。他の人ならいざ知らず、彼が一度でも出会った他国の王族の顔を忘れる訳がない。それなのに一目惚れとはどういうことか、と。

そうすれば、少なくとも無防備に傷つくことはなかったのに――。

（そうしてしてやられた結果がこの茶番な訳よね……）

六十年ほど前の内戦にも焼け落ちなかったという古い神殿。太陽の神ソレイグスへの敬意を表す尖塔《せんとう》をいただくその建物の下で、ソフィーナは顔を曇らせる。

高窓から注ぐ光がソフィーナの身を包む白と銀、金の婚礼衣装を煌めかせる。横には同じ趣向の衣装に身を包んだフェルドリックが静かに立っていた。

神殿の長による、古い言葉の結婚の寿《ことほ》ぎが残響を残して散っていく。

「私、ソフィーナ・フォイル・セ・ハイドランドは、フェルドリック・シルニア・カザックをただ一人の夫とし、生涯愛すと誓います」

儀式が終わりに近づき、ソフィーナはフェルドリックと一生を共にすることを太陽神に約した。

視界に入るのは神殿長の下半身とソフィーナの左腕、それを下から支えるフェルドリックの右腕のみだ。彼と視線を合わせるのも顔を見られるのも嫌で、視界のほとんどを覆ってくれる白いヴェールに感謝する。

「私、フェルドリック・シルニア・カザックは、ソフィーナ・フォイル・セ・ハイドランドを妻とし、生涯愛しぬくとここに誓う」

続いたフェルドリックの声に、観衆から控えめながら歓声が上がった。

（一体どんな顔をして、そんなセリフを口にしているのかしら）

ソフィーナはヴェールの下で乾いた笑いを漏らす。

「では、その証《あかし》を」

肩にフェルドリックの手がかかり、彼と向き合うよう促された。

別の手が顎にかかって、顔を上げさせられる。顔を隠してくれていたヴェールが両脇へと流れ、ソフィーナはせめてもの抵抗として視線を伏せた。

逆の指が微かに頬に触れた。羽で撫でられているかのように優しく、まるで慈しむかのようにそこを往復する感触に思わず息を止めた直後、唇に温かい熱が降りた。その瞬間、情けないことに震えてしまった。

（やっぱり気づかれた……）

顔が離れて視界に入った、彼の唇の両端が小さく上がったのがわかって泣きたくなった。

今この瞬間こそが、ソフィーナの失態の象徴そのものだった。

典礼官に促されるまま神殿を出、沿道に集まった人々に決まった顔で決まったように手を振り、言われるまま王城に戻って衣装を変えて、本宮殿五階の一室に入った。

室内では同様に着替えを済ませたフェルドリックが備えつけのソファで、優雅に茶を飲んでいる。

「……そのドレス」

入ってきたソフィーナの全身に視線を走らせた彼はドレスに目を留め、器用に片眉をひそめた。

「……似合いませんか」

「似合うと言っても似合わないと言っても角が立つというあたりが絶妙だな」

（た、しかにそうだけど……っ）

悪くはないけれど間違っても最高級とはいえない生地でできた、瞳と同じ色のドレスは、ソフィーナが元々持っていたものだ。輿入れにあたって金銀の糸で刺繍は施したもののの、晴れの場に出るものとしては事実不足がある。似合わないと言われてもムカつくが、似合うと言われたらそれはそれで複雑になる。

（でも、それ、口にする？）

思わず口をへの字に曲げれば、フェルドリックは無表情に「それ、選んだの、君？」とぼそりと呟いた。

「……」

ソフィーナがカザックに持参した物はどれも適当なものだ。後ろめたさと惨めさに言葉に詰まれば、聞いてきたくせにフェルドリックは「別にどうでもいいか」とさっさと会話を切り上げてしまった。その物言いにさらに痛みが広がる。

「お茶」

「え、でも皆を待たせては……」

「気にしなくていい。待つ間も楽しんでいる。大体、君、式から何も食べていないだろう。倒れられでもしたら、それこそ皆がっかりだ」

バルコニーの向こうでお披露目の瞬間を待つ民衆を気にしたソフィーナに、フェルドリックは白けた目を向けてくる。

（仕草はちゃんと紳士なのに）

ソフィーナをソファに誘《いざな》う動作はそれでも優しくて、思わず口を尖《とが》らせればまた鼻で笑われてしまった。

茶菓子をつまみ、お茶で喉が潤った頃、城の正面広場に向かって大きく開け放たれた窓から、冬とは思えないほど暖かい風が流れ込んできた。

「さて、と――おいで、ソフィーナ」

カップをおいて立ち上がり、明るい光を背にしたフェルドリックが、ソフィーナへと手を差し出してきた。

「……」

ソフィーナがためらいつつ出した手をなんの気なしに握り、フェルドリックは自国民への披露のためにバルコニーへと導いていく。

太陽を映したかのように輝く金の髪が風に靡《なび》いて光った。それと同じ色の金が新緑色とまだらに混ざった瞳はいつ見ても不思議だ。引き締まった男らしいラインをしているのになぜか艶を感じさせる顎も、高いのに主張し過ぎない程度の鼻も文句のつけようがない。

でも一番は彼の表情だと思う。今もそうだ。ソフィーナと視線が絡むなり、軽く目をみはった後、彼は小さく、でも柔らかく眦《まなじり》と唇を綻ばせた。こんなふうだからソフィーナは勘違いしてしまいそうになるのだ。

「よかっただろう、馬車で王都一周とかじゃなくて。遠目なら地味なのもそんな適当な格好をしているのも目立たない」

――実際はこんな言葉しかあの口からは出てこないのに。

(詐欺師もいいところだわ……)

一瞬ドキッとした自分が嫌で、さらにやるせなくなったことを隠そうとソフィーナは憎まれ口を返す。

「私に気を使っていただく必要はございません。殿下はそのご尊顔だけが強みでいらっしゃるのですから、せっかくの機会を利用しない手は」

「生憎《あいにく》と顔だけじゃない――実力も人気もある」

ワアアアアァッ

「……」

彼がバルコニーに出た瞬間の大歓声に、ソフィーナは言いかけていた文句も忘れ、唖然としてしまった。

ソフィーナの眼下、城の正面広場に集まった人々が口々に何かを叫び、遠目にもわかるほどの笑顔を見せている。この都市の名物でもある花の花弁がそこかしこで撒《ま》かれて早春の風に舞い上がり、まるで吹雪のように見えた。

警備に立っているのは、黒と金と銀の制服を着た騎士たちだ。その彼らもどこか嬉しそうなのは、きっと気のせいではないのだろう。

群衆から向けられるのは熱気と喜び。王族であるフェルドリックと彼に嫁すソフィーナへの祝い。他者の慶事を喜ぶ温かさ――昔見た村の結婚式の光景が重なった。ああ、皆幸せなのだ、そう嫌でも伝わってくる。

「……素敵な人たち。いい国」

ぼそりと漏らしたのは本音だった。けれどすぐに後悔した。

「……」

また嫌みを言われると、うかがうように見上げた先。

目が合って一瞬だけ本当に幸せそうに破顔したフェルドリックに不覚にも見惚れてし

まって、ソフィーナはまた屈辱を味わった。七年前と何もかもが同じだった。

＊　＊　＊

結婚祝賀会の開かれるカザック王国の迎賓宮は、着飾った人で溢れていた。

祖国のものの優に二倍はある広い空間は、繊細なガラスの飾り灯が乱反射する光で昼間のような明るさだ。両脇にずらりと並ぶ、両開きの掃き出し窓の上部はアーチ状で、意匠を凝らした幾何学模様の装飾と色ガラスがはめられていた。

奥では楽団が緩やかに音楽を奏で、来客を歓迎している。

「ご結婚おめでとうございます、フェルドリック殿下、ソフィーナ妃殿下」

「これでカザックはますます安泰、喜ばしい限りです」

「我らがカザック王国、そして妃殿下の祖国ハイドランドに、ますますの栄華のあらんことをお祈り申し上げます」

延々と続く祝辞に笑顔で応えながら、周囲から注がれる値踏みの視線にソフィーナは気づかないふりをする。注意が逸れた瞬間にその方向をさりげなく確認して、その人の顔を事前に得た名前などの情報と共に頭に叩き込んだ。

どういう場面で誰が味方、誰が敵になり得るのか。それぞれの性質や資質、趣味嗜好《しこう》はどうか。人間関係、力関係は――。

するこことは母国でしていたのと同じだけれど、それと好き嫌いはまた別の話だ。母も兄もこういう場が好きではなかったし、ソフィーナも苦手だった。年頃になってからは特に。

「はじめまして、妃殿下。……お噂通りお美しい」

「……ありがとうございます」

（絶対に姉と勘違いしているのだわ……）

ソフィーナは苦笑いを隠して無難に返す。それで内心で首を傾げているのだわ……のがわかって、顔を引きつらせそうになった。ただでさえこういう場が苦手なのに、隣が兄からフェルドリックに変わった分だけ嫌悪が増している。ソフィーナが嫌になればなるほど彼はそうと察して、挙げ句笑いをかみ殺すのだ。本当に腹立たしい。

会話を聞いているのだろう、彼らの背後に並んでいる駐カザックハイドランド大使が顔を曇らせたことで、ソフィーナの嫌気はさらに加速した。

「ハイドランド国王ウリム二世の名代として、お祝い申し上げます。ご成婚、誠におめでとうございます、フェルドリック殿下、ソフィーナ妃殿下」

大使は硬い表情でそう述べると、ソフィーナを見、気まずそうに視線を揺らした。

「その、我が国王ウリム二世も参列を望んでおりましたが、生憎と体調が優れず、」

「義理の父上にはハイドランドにて直接ご挨拶申し上げ、祝辞もいただいた。美しいソフィーナの花嫁姿をお見せできなかったのは残念だが、懸念には及ばぬ。くれぐれもよろしく伝えてほしい」

「は。寛容なお言葉、しかと」

「ああ、もう一つ──ソフィーナの輿入れにかかる品々への感謝と共に、『魚目に水、人目に空。いずれにせよ玉などよりよほど』とお伝えいただけるだろうか」

「……は」

「大丈夫、セルシウス王太子殿下が既にご存じのことだ」

（これ、嫌み、かしら……）

ソフィーナはフェルドリックを見つめ、目を瞬かせた。前半はソフィーナがカザックに持ち込んだ品々、さっきと今のドレスを含めての適当さを皮肉っているのだろう。問題は後半だ。意味がわからない。

ソフィーナ同様、彼の笑顔に不穏さを感じたらしい大使は、ソフィーナに目を向けることもなくそそくさと去っていく。

（……ハイドランドの助力は、やっぱり見込めそうにない）

父はフェルドリックとの縁談をソフィーナには不相応すぎるとひどく不快がっていた。

それが大使にも伝わっている。

遠ざかっていく大使を冷めた視線で眺める今の様子を見るに、フェルドリックにもそう悟られたことだろう。

『あら、珍しい、ソフィーナが夜会に来るなんて。その、大丈夫なの？ こういう華やかな場より、執務室のほうが似合……好きでしょう、ソフィーナは。そのドレスも……無理しなくていいの、お父さまには私からお話ししてあげる』

『いくら壁の花を整えても、生まれついての華の美しさには及びませんからね』

『その、ソフィーナ殿下は、聡明《そうめい》で素晴らしい方だと思っている。けど、なんと言うか、婚約とか、そういう対象にはできない、というか……』

（父や大使だけじゃない。きっと皆『私じゃおかしい』と思ってる……）

そのせいだろう。祖国でのあれこれを思い出してしまって、ソフィーナはつい視線を伏せてしまった。

「疲れたか」

「っ、……まさか。皆、私たちのお祝いに集まってくださっているのに」

フェルドリックの唐突な声に隙を作っていたと気づいて、ソフィーナは顔をこわばらせる。咄嗟《とっさ》に笑顔を繕って顔を上げれば、金と緑の混ざった瞳に探るように見つめられて息を詰めた。

「あの、何か」

「君はカザック王国の王太子妃だ。相応のふるまいを要求される代償に、相応の扱いを周囲に要求していい――ハイドランド王や姉姫に対してさえも」

「？　え、ええ……」

ソフィーナから視線を逸らした彼がそっけなく発した言葉の意味がわからず、ソフィーナは目を瞬かせる。

「カザックの名を汚すようなふるまいをするなということであれば、もちろ――」

「君はそんなことをしないだろう。そうじゃない、変なところで頭が悪いな」

「……相手に理解できるよう言葉を尽くさない頭については、どうお考えになります？」

「……実に皮肉の利いた返しだ」

さすがにむっとして言い返せば、フェルドリックは微妙に目を丸くした後、くくっと笑った。

（私、今怒ったのに……）

彼のその余裕こそがこの結婚、いや、ソフィーナへの思い入れの薄さの証明なのだろう。ソフィーナのほうは彼の一挙手一投足に右往左往してしまうというのに。

（今だってそうだわ……。私だけが彼の言動に一喜一憂して……）

なんとも思われていないと確認して悲しくなる一方で、それでも彼が素で笑ってくれたことを嬉しいと思っている自分がいる。

なんてみっともないのだろう——惨めさを隠そうと彼を睨んでみせれば、その顔から表情が消え、視線がソフィーナから離れた。瞬《まばた》きした次の瞬間にはいつもの胡散臭《うさんくさ》い微笑が貼りついていた。


音楽をかき消すようなざわめきが起こった。

怪訝《けげん》に思ってそちらに顔を向ければ、目線の先でさあっと人垣が割れ、一際目立つ二人連れが現れた。こちらへまっすぐ歩いてくる。

(アレクサンダーだわ……)

絶望していたハイドでのあの夜、希望を与えてくれた彼だ。あの時の言葉を裏づけるように、彼はソフィーナと目が合うなり穏やかに顔を綻ばせた。

(ふふ、彼、本当にフェルドリックの従弟なのかしら)

カザック王后陛下の実家である公爵家の跡継ぎと聞いているし、ひどく美しいのは同じだけれど、思いやりに満ちた大人の男性という点で彼ら二人は似ても似つかない。

「随分嬉しそうだね」

「人生において理解者の存在に勝る喜びは、そうありませんから」

カザックに入ってから緊張し通しだったソフィーナは、フェルドリックの本性を知り、咎《とが》めてさえくれた彼の登場に喜びを隠し切れない。と、彼の陰にいたパートナーの姿が露わになった。

「――顔。間抜け面にもほどがある」

「……だって……本当に綺麗……」

「綺麗、ねえ」

笑顔のまま吐き出された毒にも、微妙な皮肉を含んだ反復にも反応できず、ソフィーナは口を開けてひたすら彼女を見つめた。

「だから顔を作れ。表情ひとつで王女さまに化け切って人をだます――君の特性だろうが」

「腹黒殿下にお褒め頂けるほどの猫かぶりでは…………あ」

（や、やっちゃった……）

近づいてくるその人に完全に気を取られて、フェルドリックの毒に内心のまま反応してしまった。あり得ない非礼に冷や汗を流しながら、おそるおそるフェルドリックに目を向ける。

「本音も出すな」

（……あれ、怒らない……）

白い目でじろっとこっちを見下ろしてはいるものの、不機嫌ですらない。それどころか一瞬口元が緩んだように見えて、ソフィーナはさらなる『間抜け面』をさらす羽目になった。

「リック、結婚おめでとう。ソフィーナ妃殿下、ようこそカザックへ。再びお目にかかれて本当に嬉しいです」

アレクサンダーの声に慌てて意識と顔を元に戻せば、彼はフェルドリックには目の端を緩ませて気さくに、ソフィーナには丁寧に、温かく挨拶をくれた。青い目には以前の夜見た誠実さが浮かんでいて、ソフィーナは本心から微笑む。

「妃殿下、こちらは私の妻のフィリシアです」

「……」

そうして彼が紹介してくれたその人に、ソフィーナはまたも見惚れた。今まで姉こそがこの世で一番美しいと信じていたのに、その人は姉とまったく違っていてなお美しい。

腰にまで届く長い金の髪は緩く波をうって天井からの明かりを反射して光り、それだけで眩《まばゆ》いほど。長い手足と高い身をぴったりと包むのは、この会場の誰よりシンプルな、でも高級と一目でわかる生地でできた赤色のドレスで、彫像のように整ったスタイルでなければ絶対に着こなせないものだ。

猫目気味の深い緑の瞳にほんのり桜色の頰。艶《あで》やかに光る淡い色の唇と小さ目の卵形の顔。着ているドレスは大人の色香あるものなのに、全体の印象が凛としていて決してそうは見えない。

（この人であれば、あのお姉さまであっても霞《かす》むかも……って、見惚れている場合じゃなかった）

「お会いできて光栄に存じます、ソフィーナ妃殿下」

（…………あら？）

隙を作っていたことに微妙に焦りつつ、彼女と目を合わせようとしたが、無駄になってしまった。彼女のほうが目を向けてくれない。

「並びにご結婚……おめでとう、ございます……」

「？　ありがとう」

目を伏せていた彼女が一瞬だけこちらを見て、表情を痛みに歪めた気がした。だが、それを確認する間もなく、その人は再び顔を伏せてしまう。

「フィリシア、今日はまた一段と美しいね」

「……」

フェルドリックの言葉に彼女は伏せた顔の中で唯一見える耳朶《じだ》を紅《あか》く染め、何かを小声で呟いたようだった。

（……あ）

フェルドリックにはそれがはっきり聞こえたらしい。一瞬素で微笑んだ。

（従弟のアレクサンダーはともかく、奥方もフェルドリックと親しいようだわ）

ちくりと走った痛みに気づかないふりをして視線を下げつつ、ソフィーナはそう分析する。そして、さらに後悔する羽目になった。

「……」

ソフィーナの身を包んでいるのはハイドランドから持ち込んだ、流行《はや》りも特徴も何もないドレスと、元々持っていたアクセサリーだ。この結婚のために予算と手間をかけるのが嫌で、父や姉が支度を邪魔することにかこつけて適当に選んだものだ。納得ずくだったはずなのに、居たたまれなくなる。

「アレックス、あっちでヒルディスが呼んでいるようだよ」

「では、妃殿下、失礼いたします」

「……僕には挨拶なしか？」

「してもらえない理由に心当たりがあるだろう？」

フェルドリックをじろっと睨んだアレクサンダーは、夫人に集まる視線を遮るかのように彼女を抱き寄せ、踵《きびす》を返した。

その彼に「ほんと、かわいくなった」と言いながら肩をすくめると、フェルドリックはいつもの仮面をぴっちりかぶり直した。

その後、ソフィーナは衆人注目の中、フェルドリックとの最初のダンスを終えた。

そして——放置されている、「さて、お手並み拝見と行こう」などと輝かしくも冷え冷えとする笑顔で言い放った彼によって。

周りを見回すも「初めまして」な人がほとんどな上、味方をしてくれそうなアレクサンダーも急な用事ができたとかで帰ってしまった。結婚祝いでこれほど所在のない花嫁ってこの世に私ぐらいじゃ？　と顔を引きつらせそうになるのを必死に押しとどめ、ソフィーナは余裕のある笑みを浮かべる。

(大丈夫、どんな時も王女としての心構えを保ちつつ、人として誠実に相手に接しなさいとお母さまが仰っていたもの。知り合いがいないなら知り合えばいいだけ、相手がわからないなら話の中で探ればいいだけ…………だ、けどっ)

「……」

どこぞの美しい令嬢と踊りながらソフィーナを見、冷笑を見せたフェルドリックを思わず睨んでしまったのは、無礼を承知で仕方のないことだと主張したい。

だが、そんな人だ。むしろいないほうがいいのでは？

ソフィーナはそう気を取り直すと、社交用の仮面を顔に張りつけた。大丈夫、ちゃんと乗り切れるはずだ。だって、祖国でも兄の都合がつかない時はいつも一人だった。

……あまり自慢できることではないけれど。

「ハイドランドの噂の賢姫さまが我が国にお越しくださった。これほど心強いことはありません」

「一緒にお仕事ができることを楽しみにしております」

色んな意味で凹むソフィーナを救ってくれたのは、以前の会議で知り合ったこの国の重鎮たちだった。自分の父ほどの彼らの温かい言葉にほっとする。話題はやはり実務的なものばかりで色気も華やぎも何もないけれど、勉強にもなって楽しい。

そうしてなんとか居場所を見つけたソフィーナだったが、そのまま無事に済むはずもなかった。


(――おかしい)

斜め後ろからの妙な視線に身構えた瞬間、体に衝撃が走った。ドレスから遠ざけておいた手中のグラスから赤い液体が零れる。

「まあ、大変失礼いたしました。どうしましょう、お召し物が……あら」

「ふふ、大丈夫です、お気遣いなく」

(失礼だと本気で思っている方は、私のドレスの無事を確認して面白くなさそうに鼻を鳴らしたりしないと思うの――確かホーセルン家の四女だったかしら)

予想通りの悪意をやり過ごしたソフィーナは泰然と笑って見せつつ、内心で舌を出した。

他に体に害のない嫌みや当《あ》て擦《こす》り、嘲笑などは当たり前だった。「野の草花を思わせる可憐《かれん》さが」とくすんだ髪と瞳を笑われ、「親しみやすいお顔立ち」と婉曲《えんきょく》に『普通』であると匂わされ、「フェルドリック殿下までは確かにお伺いしたのですが、殿下のご趣味がソフィーナさまでは私どもなど太刀打ちできませんわ」と彼の趣味の悪さをほのめかされ、止めに「ああ、だから噂のオーレリアさまではなかったのですね」と姉と比較されて、いっそ清々《すがすが》しくなるくらい貶《おとし》められる。

「そちらのドレスはハイドランドの流行ですか」

騎士団長でもある侯爵の令嬢の無邪気な疑問も、自業自得とはいえ痛かった。

兄は「もっと予算を使いなさい。ハイドランドのためにも君自身のためにも」と真剣に言ってくれたけれど、父は「ソフィーナごときの婚姻に準備などいらぬ」と公言していたし、姉は姉でソフィーナが何か準備、例えばカザックの駐ハイドランド大使と事務的な打ち合わせをするだけで泣き、そのたびに彼女の周囲の人々から非難を受けた。

（夫となる人に着飾らせる必要がないとまで言われたのだもの。頑張って見栄《みえ》を張ったところでどうせ笑われるだけ。そもそも人違いどころか、お兄さまを弱らせることが目的だと言っていたじゃない。お金も労力も使うだけ馬鹿馬鹿しいわ）

疲れてしまってそう開き直った結果の服装が攻撃の糸口となった。

「てっきりドレスなど、こちらの流行を取り入れたものをお贈りになられているものとばかり……フェルドリック殿下って意外に気が行き届かれないのかしら」

「あら、私の所には、バラの新種株のお礼にとケリアーヌの新作の耳飾りが届きましてよ？」

「そうですわね、些細《ささい》なことでも流行や本人の趣味に合わせたお礼をなさる方よ」

一人からは同情、別の二人からは嘲笑を受けたが、ソフィーナは母に叩き込まれた通り、自分の中では一番美しく見えるはずの微笑を浮かべる。

「では、カザックに早く馴染《なじ》めるよう、色々教えていただけるかしら？　ノノリアさまの指輪、本当に素敵です。アリューニさまのドレスも。ケアンニさまの靴はオーメルデのものですか？」

ソフィーナは事前に頭に入れておいた令嬢たちの名を呼び、彼女たちがおそらく一番自慢に思っているだろう服飾を褒めた。善意ある人間からは良心を引き出し、そうでない相手は怯《ひる》ませる。

「あ、ああ、そうですわ、きっと殿下のハイドランドへのご配慮ですわね。お輿入れのためにあちらも色々ご準備なさったでしょうし」

「……準備、ねえ。そういえば、ハイドランド国王陛下もセルシウス王太子殿下もお見えではないようで」

「私、セルシウスさまにお会いできるのを楽しみにしておりましたのに。なんでもオーレリアさまに似て大層見目麗しい方だと」

（ノノリアは本人に悪意がなく、他者の悪意にも慣れていない。アリューニは私が祖国に気にかけられていないと察している。ケアンニは兄が「私に似て」と言わないあたり、正直ではある……一番の問題はアリューニ）

フェルドリック派の侯爵の娘のはず、とソフィーナは記憶を引っ張り出す。爵位的にも本人の自尊心を見ても利用できる。

「兄は残念ながら外せない公務が立て込んでおりまして……いい加減身を固めたらどうかと、せっついているところなのです。皆さまにお会いできたらいい機会になるでしょうから、その旨手紙にしたためます」

「え、ええ、ぜひ。ソフィーナさまはセルシウスさまと仲がよくていらっしゃるの？」

「ずっとお手伝いしておりましたので」

にこりと笑って兄との絆《きずな》を匂わせ、ソフィーナは場をやり過ごした。

フェルドリックの妃などという立場になってしまったのだ。本人及び周りの扱いはこんなものと予想していてその通りになっているだけなのに、徐々に気分が落ち込んでいき、ついに耐えきれなくなった。

(少し息抜きしないと、私もあんな腹黒の仲間入りをすることになる……)

そう決めてソフィーナはテラスに向かった。

こういう時は自分の普通さがありがたくなる。さっきフェルドリックが言っていたような「王女さまの顔」をやめて、背筋を微妙に丸めて気配を消せば、誰もソフィーナに気づかない。

(……って、むなしい)

掃き出し窓に手をかけたところで、あの人はそんなことないんだろうな、となんとなく背後を振り返った。

ソフィーナの恨みつらみの対象でもある彼は、探すまでもなく居場所を伝えてくる。人だかりの中心に目を向ければ、その瞬間また彼と目が合って、ソフィーナは慌ててテラスに逃げ出した。

途端に冬の冷気に身を包まれた。正面から吹きつける風が髪を巻き上げ、赤くなっているだろう頬を冷やしてくれる。

(バカみたい。完全に放置されてるっていうのに……)

息を吐き出しながら天空を見上げて、星明かりの乏しさにさらに気分を沈ませた。ここはハイドランドのような田舎じゃない、大国カザックだ、と実感してしまった。

「──ごきげんよう、ソフィーナさま」

「っ」

椿《カメリア》の陰から声をかけられて、ソフィーナは緊張を取り戻した。知らない女性だ。抱きしめれば折れそうなその人に、妖艶に微笑みかけられる。

「こんばんは、あなたも星見ですか」

警戒を隠してにこりと微笑めば、その人は手にしていた扇で口元を隠した。不自然なほどの弧を描く目が強調されて、ぞくっとする。

「今宵《こよい》は月がありませんから、星がよく見えます──私の月も奪われてしまった、あなたに」

口元にあった扇がソフィーナに向けて動く。

（え）

その瞬間、その人は扇を取り落とした。ガシャンという音が夜の庭園に響き渡る。

（嘘、鉄だわ、しかも──研いである……あの骨、刃物だ）

「……寒さのせいかしら、指がかじかんでいらっしゃるようだわ。私ももう戻りますから、あなたも温かくなさって」

「洒落《しゃれ》にならない……！」と叫びそうになったことも背筋が凍りついていることもひた

隠しに隠し、ソフィーナは穏やかに、優しく話しかけた。駆け込みたいのを全力で堪えて、先ほどくぐったばかりの掃き出し窓をもう一度開き、会場に戻る。

「……扇もだけど、あの目、怖すぎる……」

誰もソフィーナに気づいていないのをいいことに、閉じた窓を背にしたまま呻けば、またも人垣の向こうのフェルドリックと目が合った。だが、今度は動揺しないでいられる。恨みを込めた視線に小馬鹿にした顔を返されたからであって、素直に喜ぶことはまったくできなかったけれど。

「身の程知らずと思い知らせてやるチャンスだったのに……」

迎賓宮のテラスで蹲《うずくま》った女は、右手に突然生じた激痛に呻き声を漏らしつつ、呪詛を呟いた。

顔に傷の一つでもつけてやるつもりだった。ずっと憧れてきた王太子殿下が選んだのが、王女という肩書があるだけのあんな地味な女だったことが許せない。

「大陸一の美姫《びき》と称される姉姫のほうであれば、まだ諦めがついたのに、よりによって妹姫だなんて……」

「――政治的な動機なら言わずもがな、恋心ゆえであっても許しがたい」

突如響いた声に、女は慌てて背後に顔を向けた。

「あ、なた……、っ」

目を見開くなり、後頭部に衝撃を受けて身を崩す。

気を失った女の体を横たえる人影の横に、別の影が並んだ。

「悪い、シャダ関係の刺客は想定していたが、素性の知れた、うら若きご令嬢がってのは考えてなかった」

「ご本人もそうだったみたいです。蒼褪めていらっしゃいましたよ。ただでさえ狙われておいでなのにお気の毒すぎます」

そう言いながら、影は「感じのいい方だからなおさらだ」とため息をついた。

「さて、このお嬢さん、どうするかねえ」

「全部捨てて逃げるほどの根性はないでしょうから、十七小隊に背後を洗ってもらって、他に何も出なければそれで。この親指、もう一生使えません。罰としては十分かと」

「粉砕骨折……鉛飛礫《なまりつぶて》か。怖い怖い」

そんなふうに言うわりに、声に怯えはない。

「じゃ、後よろしくお願いします。帰ってさっさと着替えたいので」

「で、明日は散髪か。残念がる女が多いだろうな」

クスッという笑い声を残して最初の影が消え、入れ替わるように複数の影が現れた。

ある者は倒れた女を運び出し、ある者は再び陰に身を隠す。

窓向こうから明るい光と舞踏用の軽やかな楽曲が届く中、結婚祝賀の夜の庭園はそうして再び静けさを取り戻した。

＊＊＊

質こそ悪くないものの、ハイドランドのソフィーナの自室と比べてなお飾り気の少ない部屋にノックの音が響いた。

（オーレリア姉さまなら、もっと違う部屋が用意されるのかしら）

カザック人の壮年の侍女が出迎えのために扉に向かうのを他人事《ひとごと》のように見ながら、ソフィーナは埒《らち》もないことを考える。

ハイド城の姉の部屋は、かわいらしい小物や美しい装飾でキラキラしていた。その部屋に憧れて真似《まね》ようとしたこともあったが、あの部屋は姉がいるからこそ完成するのだと悟って結局諦めたことを思い出す。ソフィーナが同じことをしたところで、と周りが笑っていたこともその時気づいた。

カザックのこの城でフェルドリックをこうして迎えるのがそんな自分なのはどう考えてもおかしい——幾度目かわからない繰り言を思いながら、ソフィーナは部屋の入り口へと目線を向けた。

侍女が音もなく扉を開き、フェルドリックが姿を現す。

「愛しい、私のソフィーナ、今日は本当に疲れただろう？　機嫌、そして体調はどうだい？」

その辺の男性が口にすれば引くしかない内容だが、彼にはさほど違和感がない。それこそに引く。彼は胡散臭い笑顔のままソフィーナが座るソファの横に腰を下ろすと、勝手に手を取って甲に口づけた。

「何かお飲みになりますか？」

「私はいい。ソフィーナは？」

「私も結構です」

侍女からの問いを振り直してきたフェルドリックに、彼と同様に答えてしまって失敗を悟った。

（お茶でも用意してもらえば、時間を稼ぐことができたのに……）

自分が相当動揺していることに気づいて、ソフィーナはナイトドレスのスカートを握り締める。ここからが正念場だ、落ち着かなくては。

「では、失礼いたします。おやすみなさいませ」

退出の挨拶をした先ほどの侍女が、ソフィーナから離れようとしないアンナにきつい視線を送って、共に部屋から出ることを促した。

「……」

ソフィーナの動揺を察しているのか、のろのろと歩き出しつつ、アンナは心配そうな顔を見せる。その気持ちが嬉しくて、ソフィーナは内心の緊張を押し隠して控えめに笑い返した。


二人きりになるなり、フェルドリックの顔から笑顔が剥がれ落ちた。

「それで、機嫌と体調」

ぶっきらぼうに言いながら、彼はソファの背に身を預けた。

(愛想どころか語尾すらなし……この猫かぶりめ)

ソフィーナは彼に白い目を向けると皮肉をぶつけた。

「少し疲れてはいますが、おかげさまで機嫌は最高です、フェルドリック殿下」

予想をはるかに超えてひどい目に遭った結婚祝賀会を思い出し、ソフィーナは隠しきれずフェルドリックを睨みつけた。

「あなたが『お優しく』カザック社交界へのお披露目を『導いて』くださったお陰で、年頃のご令嬢から壮年のご婦人にまで、今までの経験にないほどの『歓迎』を受けました」

「役に立てたようで嬉しいよ。君がごく有能なこともわかって、とても幸せだ」

だが、ソフィーナの当て擦りに、フェルドリックは蕩《とろ》けそうな笑顔を向けてくる。

(嫌みとわかっていながら『試した』……よっくもぬけぬけと。ああ、そうね、確かに「お手並み拝見」って言っていたものね)

余計なところだけ正直でさらにムカつく。耐えかねて、「なんて性格」とつい口を尖らせれば、フェルドリックは右の口角をニヤリと上げることで応えた。


それから彼はおもむろに立ち上がり、ソフィーナに手を差し出してきた。思わずその手を凝視すれば、ため息と共に勝手に手を取られ、引っ張り上げられる。

「……」

無言で彼が手を引いていく先には扉、その向こうが寝室だ。

フェルドリックに引かれるまま、ぎこちない足取りで後に続きながら、ソフィーナは顔をこわばらせる。扉が開かなければいいのに、という祈りむなしく、あっさりと室内に引き入れられてしまった。

「……どうぞ」

フェルドリックは丁寧にソフィーナを寝台に導き座らせると、横に腰掛けた。その振動が伝わってきて、露骨に動揺してしまう。

（……湯上がり、かしら）

肌はほのかに上気していて、妙な色気がある気がする。剣などは嗜《たしな》まないという話なのに、平均より大分高い身長であってもひ弱さを感じさせないのが本当に嫌みだ。

フェルドリックを観察することで、ソフィーナは顔に血が上りそうになるのをなんとか抑えようとした。

ソフィーナにそういった類の免疫はない。淑女の嗜みとか王女であるとか以前に、誰もソフィーナにそんな興味を持たなかったし、ソフィーナ自身まだ先のことと決めつけて、敢《あ》えて遠ざかっていた。

（ここで動転して流されてはだめ。またみっともなく恥をさらすこと、にな、る……）

平静を装おうとするのに、金と緑の目に無言のまま見つめられて、勝手に心臓の拍動が増していく。

「っ」

すっと手が上がった。息をのむソフィーナに気づいているのかいないのか、いつの間にか浮き上がっていたソフィーナの長い髪に触れると、さらりと撫でつける。壊れ物を扱うような手つきに、ついに顔に血が上ってきた。

その手がソフィーナの左頬へと動き、そっと肌に触れた。びくりと震えてしまう。

また笑われる、と慌てて顔を伏せたのに、彼は静かなまま。

「……？」

疑問に思ってソフィーナは、赤い目元のまま上目遣いに彼を見た。その瞬間、上っていた血が一気に醒《さ》めた。

ソフィーナをからかって笑っていた顔でも皮肉な顔でも冷めた顔でもない、完全な無表情――。

「……お待ちいただけますか」

顎を包み込もうとするように動いていたフェルドリックの手が、ソフィーナの声に応じてぴたりと止まった。

（真剣というより、したくもないことを義務でするという感じかしら……まあ、知っていたけど）

ソフィーナは泣き笑いしそうになるのを押し殺して、すぐ前にいる彼を見上げた。

オイルランプの光に柔らかく照らされた彼の顔をじっと見つめる。オーセリンの海辺の太陽光と同じくらい鮮やかな髪と不思議な色の瞳……ずっと、ずっと憧れてきた人だ。尊敬もしてきた。でも、いや、だからこそ――、

「触れないでいただきたいのです」

「……」

予想していなかったのだろう、フェルドリックの目が見開かれた。そのまま凝視される。しばらくそうして見つめ合っていたが、不意に眉間に小さく皺が寄った。

(怒りというよりただの疑問の顔ね)

安堵と落胆で複雑な気分になりつつ、ソフィーナは続けた。会話の主導権を彼に握られたくない。

「あなたとは、その、つまり、夫婦の関係にはならないでいたい——という主旨で申し上げております」

こんなことを口にすることもだが、そもそもフェルドリックはソフィーナを『そういう対象』に見ていないはずだ。気恥ずかしさを隠しきれないソフィーナに、フェルドリックは微妙に目を細めた。

「あなたは納得の上で私と結婚したのではなかったかな？　私も同じだ。あなたが都合のいい相手だから選んだ」

(君じゃなくてあなたに変わった——)

嘲笑と共に彼の様子が変わったことに気づき、ソフィーナは緊張にこぶしを握り締める。

「かの賢后メリーベルの実子として、また兄である王太子セルシウスの補佐として、あなたはかなりの恩恵をハイドランド王国にもたらしてきた。一年ほど前にあった関税に関する多国間条約を覚えているだろう。私が事前に交渉しておいた各国要人のみならず、あなたは私が不要と判断した人物にも面会し、周到に根回しをして会議に臨んできた。ハイドランドの国益のみならず、他の多くの国にも利益をもたらす提案を携えて。結果、カザックは劣勢に立たされ、次善策に甘んじる羽目になった」

恨み言に響かなくもない去年の出来事を長々と、そして奇妙なほど淡々と指摘され、ソフィーナも目を眇《すが》める。

（お兄さまの補佐として目をつけられたのは、ひょっとしてその件……報復も兼ねての婚約だったということ？）

まさか、と思う一方で、この性格の悪さなら嫌がらせのために手間をかけるぐらいするかも、と納得しそうになる。ついでにこの歪みっぷり、結婚すら道具にしてもまったくおかしくない。

「他国の元首やその代理と対等に交渉して、実に論理的に話していたあなたが、この期に及んでこうも幼いことを口にするとはね」

「……」

「わめいたり泣き伏せたりしないあたりは悪くないが、その目、癇《かん》に障る」

「失礼いたしました。なにぶん根が正直なのです、あなたと違って」

そうして睨み合い、ハイドでの晩のように険悪になっていく。

静まり返った室内に、微かに梟《ふくろう》の鳴き声が響いてきた。

「せっかくあなたを選んであげたんだ。感激してくれていいのに」

「勘違いをしないでいただけませんか。選んで『あげた』？　あなたのそのねじ曲がった本性を知っている人間に対する言葉としては不適切すぎます」

「気づいていなかったくせに」

「その点がどうしようもなく愚かだったことは認めます」

あからさまな揶揄《やゆ》を含んだ言葉に血の気が引いたのを悟られたくない。失態は言い繕うより認めてしまったほうがダメージが少ない——母の教えを実行するも、本当にその通りだわ、私の馬鹿、と思ってしまって、また泣きたくなる。

落ち着こうと、ソフィーナはいったんフェルドリックから目を逸らし、小さく深呼吸した。

「私はあなたと必要があったから結婚いたしました。あなたも同じだと存じております。これは国と国の契約です。でも、だからといって私たちが夫婦の営みをしなくてはいけないということもないでしょう」

「つまりあなたはカザックのこの結婚にかける打算を理解している」

「ええ、ハイドランドと西の隣国シャダが手を組むことを阻止し、逆に睨み合わせておく」

「正解。カザックとシャダは犬猿の仲だが、先の戦で得た旧ドムスクス領が安定するまで、シャダに向き合うのは得策ではないからね」

フェルドリックは出来の悪い教え子が珍しく正解した時の教師のような顔で、ソフィーナの後を受けた。

「どうせハイドランドと姻戚関係を結ぶなら、その力もついでに削いでやろうと選んだのが私――そう仰ってましたもの」

精いっぱい皮肉を効かしてみたのに、自分で言った言葉が耳に入ってきた瞬間、全身を棘で刺されるように感じた。

彼は『私』を望んだ訳じゃない、純粋な政略結婚ですらない、嫌がらせ、だ――。

耐えられなくなって、つい顔を伏せてしまった。

「……あなたにはそうしてこちらの思惑を理解する知性と、それを飲み込めるだけの理性がある。だからこそカザック王太子妃たる契約の相手として、私はあなたを望んだ」

「っ」

不自然に平坦《へいたん》な呟きに、俯いたままソフィーナは目を見開き、直後に唇を噛みしめた。

嫌がらせだとわかっていて、それでも『望んだ』という言葉を拾ってしまった自分はなんてみっともないのだろう。

停止したままのソフィーナの頭にため息が降った。部屋の中に他に音がないことがひどく呪わしい。

「つまり、する必要があるから結婚したが、肌は重ねたくないということだな」

「え」

（肌、を重ね……）

その光景を想像してしまった瞬間、一気に顔に血が上った。

「ええと、そ、そういうこと、になるのか、と……」

「だが、私はその行為についても当然自信がある。不快にさせないことはもちろん、あなたを喜ばせることも十分にできる」

「よ、ろこ……」

嘲りに冷たい揶揄を混ぜた声——そうとわかっているのに、今度は全身が熱くなった。

彼を見上げ、声もなく口をパクパクと動かす。

「………これは怒らないのか」

眉を跳ね上げたフェルドリックから、先ほどまでの隙のない、冷たい空気が消えた。

ソフィーナを珍しい生き物を見るように眺め、あまつさえ首を傾げた。

「では、嫌えるほどの経験があるようには欠片も見えないが？　と指摘するのは？」

「そ、れで怒らない女性がいたら、連れてきてもらえます……？」

――元に戻ったところで、失礼さには変わりがなかった。

「見込み通りではある。けど他のラインも越えてる」

ランプに照らされて天井に映る二つの影を仰ぐように見、フェルドリックは訳のわからない独り言を呟いた。短く息を吐き出し、再びソフィーナを見る。

「自慢できると思っているが、僕を嫌う女はそういない」

「…………なんて嫌な性格」

絶句の後、思わず漏らしてしまった本音に、フェルドリックは唇の片側だけを歪に吊り上げた。

「本気で僕が嫌いなんだ――あんなに熱烈に求婚してあげたのに」

「っ」

ああ、この人はいつもこうだ。人の気を緩ませ、その隙に一番触れてほしくないことを、一番触れてほしくない言葉で突いてくる――。

「あ、んなのを、まともに信じたりはしません。自分のことは自分が一番知っています」

なんとか言い返したものの、語尾が震えることまでは止められなかった。

(信じてた、舞い上がってた、嬉しがってた、身の程知らずにも——)

視線がまた床に落ちる。膝の上でこぶしを握り締めれば、そこも震え出した。

「……？　ソフィーナ？」

フェルドリックが身を屈《かが》め、顔をのぞき込んできた。彼にだけは情けない表情を見られたくない。ソフィーナは唇を引き結び、彼へとまっすぐ顔を上げた。

「あなたが私をなんとも思っていらっしゃらないのはよく知っていますし、納得もしています。でも、幼いと思われるのを承知で申し上げれば、そういう関係になってしまったら、納得できるのかわかりません」

「未熟さは認めるのか……」

一瞬面くらったような顔をしたフェルドリックは、何かを確認するかのようにまた独り言を呟く。それから一切の表情を消した。

真横からのランプの明かりで彼の顔半分は鮮明に輝き、もう半分は真っ黒だ。

「——王族の結婚なんてそんなものだ」

「はい。でもだからといって、それをそのまま受け入れる必要があるのかと自問いたしました。その上でお願いしております」

ひどく暗い声音と感情のまったく見えない目つきに、背筋がぞくりとした。だが、絶対に彼から目を逸らしたくない。

またも沈黙が降りた。梟でも風でもいい、何か他に音があればいいのに、と願ってしまうほど空気が重い。先ほどから握りしめたままの手に汗がにじんできた。

「…………変わらないな」

「はい？」

どれぐらいそうしていたのか、ソフィーナを見る彼の目の焦点が不意にずれた。どこか遠く、懐かしいものを見るように見つめられる。

「……なんでもない。それで？　自問の結果は？」

再び焦点がソフィーナに戻った。軽い口調もだが、その目つきがなぜか柔らかく見えて、ソフィーナはほっとすると同時に眉尻を下げてしまった。

彼の機嫌はさっきから頻繁に変わっている気がする。なのに、変わるきっかけも理由もまったく読めない。

「いたっ」

「人が訊《たず》ねているのに、馬鹿面をさらしているからだ」

眉間を指で弾《はじ》かれ、ソフィーナは「し、んじられない……」と絶句するが、面白くもなさそうに半眼で返された。

腹が立つと同時に、彼の機嫌をつい気にかけてしまった自分と、まったく気にしない彼との差を思い知らされて、また胸が軋《きし》んだ。

そこからの逃避を兼ね、ソフィーナは気を落ち着かせようと再度深呼吸する。

そして、「義務で紙の上以外でも夫婦となって、」と口にした。その瞬間、父母の姿が目に浮かんできた。義務で結婚しただけの人たちだ。

「もし……もし割り切れなくなったら？　嫉妬して人を陥れたり、生産性のないことをやったりするようになったら？　そんな不毛さが民を困窮させたり、国自体を滅ぼしたりした例はいくらでもあるはず。それだけは絶対に嫌です」

幸い母はそうではなかったけれど、同じことがソフィーナにできるか自信がない。目の前の人を見つめながら続ける。

「結婚の義務は『それ』以外は全部果たします。外交でも内政でも優秀だと自負しております。社交は、申し訳ないですが、あまり得意ではないかもしれません。でも、迷惑をおかけするようなことはいたしません」

「なるほど、まるっきり現実的じゃない訳でもないらしいね。お子さまが我がままを言っているだけ、もしくは『そういう関係』から逃げたいだけかと思った……ってどの道お子さまだな」

（……またも上から目線、しかもお子さま呼ばわり）

もう顔を取り繕うのも面倒になってきて、口をへの字に曲げれば、「その顔こそが子供だ」と白い目で見られた。

「ただ……君が言わんとすることはわからないでもない。僕の母もそういったゴタゴタと無縁でいられたことはない。そして、子供はいつも巻き添えだ。華やかなここの実態はただの塵溜《ごみた》め、子供、いや、人が人らしくいられる場所じゃない」

『フェルドリック殿下の姉君が幼くして亡くなったのは、旧王権派との権力争いの結果だ』

嘲笑の混じった暗い吐き捨てに、嫁ぐ前に兄がそう教えてくれたことを思い出した。彼自身も離宮で育ったと聞いた覚えがある。実際に姉を失い、自身も命の危険にさらされてきた彼に生産性がないだの不毛だの……。ひどいことを言ってしまったかも、とソフィーナは顔を曇らせる。

「……君がそんな顔をする必要はない。というか、君、本気で馬鹿だろう」

目敏《めざと》くも性格最悪なフェルドリックにそんな気遣いはいらないと即思い知ったが。

「だが、僕たちにとっては、そこをすべて承知の上で、『そういう関係』になって跡継ぎを作ることも大事な『仕事』だ。君がその点を考えていないとは思わない」

「っ」

(わ、かってる、というか、その通りよ、わかってたわ、フェルドリックだもの、性格はだめでも頭がいいのは確かだもの、絶対そう突っ込んでくるってことも)

そのくせ顔が赤くなるのを止められないソフィーナに、フェルドリックは目をみはった後、「これはこれでからかいがいがあると言えなくもないな」と呆《あき》れの混ざった笑い声を零した。

「…………ほ、他の方、にお願いできれば、と」

「……は?」

笑っていたフェルドリックが、信じられないものを見る目つきで口をぱっくり開けた。

(呆れられた――けど、チャンスだわ!)

肉を切らせて骨を断つ――ソフィーナは悲壮さを湛えた真剣な顔で言い募る。

「あなたの妻としてうまくやっていく自信は、申し訳ないのですが、私にはありません。でもあなたの后、補佐としてであれば、この国を、人々の生活をもっとよくできるように、精いっぱい努力いたします」

＊＊＊

「い、かが、なされましたか……。なんだか、その、随分と、そりゃあもう、身の毛がよだつくらい、ご機嫌がよろしいようにお見受けいたしますが……」

王太子つきの執務補佐官フォースン・ゼ・ルバルゼは、主君フェルドリックを前に顔を引きつらせる。下っ端役人としてそこそこの給料をもらって緩く平和に働いていたのに、フェルドリック本人によって拷問としか思えない仕事に無理やり就かされてから早八年。

光栄に思うどころか、予感通り泣きたくなることばかりに日々を埋め尽くされてきた

これまでの経験上、フォースンの主のこの手の微笑の性質がよかった例《ためし》はない。

それゆえフォースンは、執務机に座って書類を繰るフェルドリックに、警戒を隠さず

訊ねた。

第一、フェルドリックがこんな朝早くから起きて、文句の一つもないまま政務を真面

目に片づけている時点でどう考えてもおかしい。

「そうだな。想定以上の掘り出し物だったというところか」

「掘り出しも……そ、それは、ひょっとして、ソフィーナ妃殿下のことを仰っているの

でしょうか……？」

フォースンは「い、言うに事欠いて他国の王女で、かつ妻となった女性を物呼ばわり

はないだろう？　しかも初夜が明けて、という朝じゃないか！」という言葉をなんとか

のみ込む。我が身はまだ惜しい。

「そうだね、案外相性がいいかもしれない」

自らの執務補佐官が真っ赤になって絶句するのを見て、フェルドリックはさらに笑い

を深める。

彼、いや『常識』ある人間であれば誰もが想像するようなことが、フェルドリックとソフィーナの『初夜』には一切起きなかった。

見込んでいた通りに賢く、理知的かつ理性的。なのに、蓋を開けてみれば誰よりも『非常識』――実に奇妙な人というより他ない。

だが、悪くないと思っている。嫌いな人間に触れられたくないというのももちろんあるのだろうが、他者のために、という思いも確かなのだろう。第一、退屈しないで済みそうだ。

（というか、新婚初夜に新妻に妾《めかけ》をとって子供を作れと言われるとはな）

よりによって結婚したまさにその相手にそこまで嫌われるというのも中々ない気がするが、フェルドリックを嫌いという点においてはまさに気が合うという訳だ。

皮肉に笑ったフェルドリックに、フォースンが気味の悪いものを見る目を向ける。それを無視し、次の書類を手に取った。

（しかし、僕らの関係に関わりなく、妾の存在自体が争いの種になるだろうに……）

と思ったところで、フェルドリックは目を瞬かせた。ソフィーナだ、あのメリーベルの娘――争いにさせないつもりなのだろう。

（あの人はそうしてハイドランド全体に救いをもたらした。だが、彼女個人は……）

と考えたところで首を振る。王族なんてそんなものだ。

(まあいい。どの道愛人なんて面倒なもの、死んでもごめんだ。世継ぎのことでがちゃがちゃ言ってくる奴《やつ》が出てきたら、養子をとるとしよう。アレックスの所、は母方の血が出れば苦労する。ナシュアナだな)

従弟と末の異母妹を思い浮かべた後、フェルドリックは自分の血を残さないで済む理由ができたことに、人知れず息を吐き出した。

(だが――ソフィーナは?)

思いつきと同時に書類を繰る手が止まった。

確か十八のはずだ。だが、そういう意味では思っていたより幼かった彼女が、そこまで考えて思い切っているだろうか。

見込んでいたような、契約を契約として粛々とやってくる、頭のよい、割り切った女性ではなかったらしいが、王太子妃としての能力に申し分はない。実際昨日の祝賀会も相手が誰であろうと、悪意があろうとなかろうと、自分を美しく保ったまま見事に状況をコントロールし切った。

場面場面でフェルドリックでさえやり込められるのだ、この上ない退屈しのぎになるだろう。無理強いしなくてよくなったのも気楽と言えば気楽だが……。

「……」

耳の奥から潮騒《しおさい》と海鳥の鳴き声が小さく響いてきて、フェルドリックは知らず呼吸を止めた。

『賢くなれば、皆も幸せにできて――』

海が反射する明るい光の中、自分を目一杯見上げてきた青灰の瞳が蘇って、眉間を寄せる。

「殿下？」

「……フォースン、こっちの書類は陛下に」

手元の書類を自分の裁量の範囲にないと判断して補佐官に手渡すと、怪訝な顔をする彼を部屋から追い出した。

「……くだらない。王族の結婚なんてそんなものだ」

すべての表情を消し、フェルドリックは昨夜と同じセリフを吐く。

（まあいい。お互いの立場を損なわないことだけを考えて距離を取り、節度と敬意を持って、義務を履行するために最適なパートナーとして過ごす。そのための環境だけは整える）

それぐらいはしてやろうと結論づけながら、フェルドリックは手元の書類に承認のサインをする。

不意に東の出窓のカーテンが風に揺れた。

（……そういえば）

戦地から取り寄せ、古馴染の庭師に預けた花の球根を思い出した。「咲くかどうか」と言いながら、植木鉢に植えたそれを彼はあそこに置いていったはずだ。

どうせ咲かない、処分しなくては、と思いながら立ち上がってその場所に歩み寄り、フェルドリックは表情をすべて消した。

早春の日差しを受けて緑の可憐な芽が顔をのぞかせている、狭い狭い囲いの中、異国の土の上に――。

「…………これをコッドに。広い場所に植え替えてやるよう伝えてくれ」

静かに息を吐き出すと、フェルドリックは侍従を呼び、その花を再び庭師へとことづけた。

「恥ずかしながら、先の会議で一目惚れいたしました」

率直に認めるのであれば……嬉しかった、本当に。だから、いつもなら働くはずの理性が働かなかった。

言い訳をするのであれば、彼はソフィーナと目が合った瞬間、照れたように微笑んだから、だからそこに真実があると思ってしまった。

「ハイドランド国王陛下から内々に承諾は頂きました。ですが、あなたの口から、私との結婚を了承するという言葉を聞かせてほしい」

憧れの人に跪かれて手を取られ、舞い上がったまま頷いてしまった。

私にも田舎の教会で微笑み合っていた、憧れの夫婦のような未来が待っている――そう勘違いしてしまった。

「セルシウスの懐刀だ。潰しておくに越したことはない」

（――お兄さまの嘘つき）

「幸い着飾らせる必要もないような姫だ。姉姫ではそうもいかないからね。あれは波風が立つ」

（――賢くなろうと頑張ってきても、いいことなんてなかった）

「……嫌な夢」

ソフィーナはまだ夜が明け切らないうちに目を覚ますと、頬に手をやった。そこが濡《ぬ》れていることを確かめて、自嘲する。

広い寝台の片側にはまだフェルドリックが寝ている。彼を起こさないようにそっと寝台から下りると、隣室のドアを開けた。

（……夢じゃないか、全部実際にあったことだし）

ぎしりと心が軋んだ。

窓辺に寄って外を眺めれば、眼下の庭園は祖国のものと違って、色とりどりの南の花に溢れている。

あの花々を集めた祭りがあったのは、ついこの前のことだ。王宮を含めたカザレナ全体が浮き立つ中、ソフィーナの周りだけは何も変わらず静かだった。七日間にわたって政務がすべて止まる中、誰が訪ねてくることもなく、誰を訪ねることもなく、ソフィーナがしたことといえば、剣技大会に臨席し、優勝者に花冠を授けたことだけ。収穫を挙げるとするなら、暇を持て余してアンナと共に宮殿内をうろついて、ようやくこの城の全容を知ったことぐらいだろう。

ここはカザックだ——窓越しに差し込む日差しの暖かさにそう再確認してしまう。悲しくなりそうなのを苦笑で無理にごまかすと、胸いっぱいに暖かい空気を吸い込んだ。

「さて」

誰もいない所で敢えて声を出して、にこりと笑顔を作ってみる。これは気落ちした時に気分を入れ替える、ソフィーナのいつもの儀式だった。

「今日は王立孤児院運営に関する収支報告書のチェック……」

嫁いで二か月。ソフィーナが『初夜』に申し出た通り、フェルドリックは自分が受け持っている仕事の一部を分けてくれるようになった。権益の絡まない、比較的気楽な案件ばかりだけれど、何かできることがある状況をありがたいと思う。

（暇だし、もう始めてしまおうかしら）

そう思い立って振り返った先に片づけられていない盤上ゲーム、オテレットを認めて、ソフィーナは軽く眉をひそめた。

昨晩もフェルドリックとソフィーナはオテレットをやって遊んだ。結婚してからというもの、ほぼ毎晩彼はそうしているし、今日のようにそのまま朝まで泊まっていくこともまったく珍しくない。そう、普通どころか、ひどく仲睦《むつ》まじい夫婦であるかのように。

結婚当初こそ焦っていたソフィーナだったが、今ではそんな訪問にもすっかり慣れた。

お陰でソフィーナは完全にフェルドリックの愛妃扱いだ。アンナなんて涙ぐみながら「フェルドリック殿下はソフィーナさまの魅力をよくご存じなのです。ソフィーナさまが幸せにお過ごしとわかれば、セルシウスさまも大変お喜びになるでしょう」と言っている。

だから絶対に打ち明けられない――毎晩オテレットなどをしながら、腹の探り合いのような会話に興じているとは。

だが、フェルドリックが言っていた通り、そんな噂も少しずつ消えつつあるようだ。まず、彼は私的な外出に一切ソフィーナを伴わない。令嬢たちとの観劇会、美術品収集が趣味の侯爵がパトロンを務める画家の展示会、フォルデリーク公爵夫人の私的な招待――彼がソフィーナの同伴を敢えて断って出かけていった回数は、ソフィーナが知るだけでも片手を越える。となれば、夜どれだけ彼がソフィーナの部屋を訪れようと、訝しむ者は出てくる。

それから、ソフィーナに護衛がおらず、アンナの他の侍女も最低限という点も、疑念を抱かせるに十分だろう。不遇を託《かこ》っていた時期があるという、フェルドリックの末妹のナシュアナ殿下ですらこれほど少なくはなかったと、城に集う貴族たちが笑っているのを耳にした。

だからだろう、祖国では楽しそうに仕えてくれていたアンナも他の城勤めの者たちに遠巻きにされているらしくて、沈みがちになってしまった。

元々社交的ではない上に、王族の心得として他者との距離を保つよう母に説かれて育ったソフィーナに至っては、カザックに来てからさらに孤独になった。

フェルドリックの生母である王后陛下が時折開くお茶会にソフィーナを呼んでくださらなかったら、本当にこの国の王太子と結婚したのか、自分ですら疑ってしまうところだった。


(私の価値は『王太子妃』の務めを果たすことだけ)

胸に走った痛みをごまかそうと、ソフィーナは窓を一気に開け放った。

音に驚いた小鳥たちが、けたたましく鳴きながらすぐ脇にある木から飛び立つ。

(しまった、驚かせてしまったかも)

ソフィーナは顔を引きつらせながら、寝室の扉を振り返った。

昨日のフェルドリックは少し疲れているように見えた。思わず『お疲れですか?』と声をかけてしまったら、彼はまじまじとソフィーナを見つめてきた。

『……なんですか?』

『つくづく変わっているな、と』

『……心配に侮辱を返してくる方にそう言われるなら本望です』

『しんぱい……?』

『そ、の気味の悪いものを見るような目、いい加減失礼です……っ』

腹が立つ一方で、彼が真面目に政務をこなしていることは確かなようで、兄を思い出し、同情もしてしまう。

(ゆっくり寝かせてあげるつもりではあったんだけど……)

案の定扉が開き、フェルドリックがあくびを噛み殺しながら姿を見せた。

内心の気まずさが表に出ないよう、ソフィーナはすました表情を顔に張りつける。

「随分な目覚めだ、ソフィーナ」

寝癖のついた金色の髪、寝ぼけた顔――そんな風体でも整っているものはやっぱり整っている。少しはだけた襟元から胸板が一瞬見えて動揺したことを隠そうと、敢えて白けた目線を作った。

婚約成立からの月日で確かに変わったものがあるとすれば、ソフィーナの演技力だ。

「小鳥のさえずりで目覚めるなんて素敵でしょう？　フォースンの心労も少しは減らしてあげないといけませんし」

「さえずりなんてかわいいものじゃないだろ……なるほど、昨日のオテレットの負けを根に持っている訳だ」

しれっと言ってみたのに、にやりと笑ったフェルドリックに逆にやり込められる。

（色んな意味でくやしい……）

感情を隠し損ねたせいだろう、フェルドリックは喉の奥でくっと笑い声を漏らし、ソフィーナの横に並んだ。それで余計に腹が立つ。おそらくはこれも彼の計算の内だろうから、乗りたくはないのだが……。

「メスケルなら負けません」

オテレットはこちらに来てからフェルドリックに習ったこともあって、いまだに勝てない。その手のゲームで他人に負けたことがほとんどなかったソフィーナにはかなりの屈辱だ。

悔し紛れに祖国発祥のゲームを引き合いに出せば、フェルドリックは明らかに作ったとわかる、悲しそうな顔を見せた。

「ふうん。確かに君はオテレットに関して僕の足元にも及ばないけど、そうか、そんな手で約束を反故にしようとするのか。そんな卑劣な思考ができるなら、次はきっと君に負けてしまうな」

（……いちいち嫌みっぽい）

眉をひそめ、ソフィーナは頭一つ高い位置にあるフェルドリックへと目をやった。

「約束は守ります、王立美術館の特別展についての相談でしょう」

「そう、今日の午後一時から。館長が『カザックの威信をかけて』と意気込んでいて、王宮の所蔵品を貸せとうるさいんだ」

それでこそソフィーナ、などと、にこっと笑って言うのがさらに憎たらしい。その顔は相変わらず魅惑的で、ソフィーナは強く収縮した心臓に気づかないふりをする。

そういえば、演技に加え、自分の内心を見ないふりをするのもうまくなった気がする。

「……セントリオット子爵令嬢たちと観劇に行く約束なんだ」

「相変わらずでいらっしゃいますね。いつか刺されたりしないよう、お祈り申し上げます」

笑顔でさらりと口にしたフェルドリックの目に試すような気配を感じて、ソフィーナは呆れてみえるよう返した。

薄く笑い「言うようになったね」と肩をすくめた彼に、ソフィーナは胸を撫でおろす。一瞬嫉妬したなどと間違っても知られたくない。

結婚した後も彼は変わらずに様々な女性たちとのつき合いを続けている。その中から第二、第三の妃が選ばれて、いずれ彼の子、カザックの世継ぎを産むことになるのだろう。

（これは身の程をわきまえず、判断を誤った私に神か母が与えた罰――）

そう言い聞かせることで、痛みにも慣れてきたように思う。

目の合ったフェルドリックが、ふと目元を柔らかく緩めた。そのまなざしに息を止めた瞬間、脳内に姉の声が響いた。

『フェルドリック殿下は政治に賢しらに関わるあなたが珍しかっただけ。すぐにあなたでは釣り合わない、間違えたとお気づきになって後悔なさるわ』

「……」

視界に入る髪はくすんだ茶、窓ガラスに映る姿はどこにでもいそうな感じだ。

気のせい――そう自分に言い聞かせながら、ソフィーナはフェルドリックから遠く、城下へと視線を移す。

青みを帯びていた王都の建物や街路樹が、徐々に朝日に染まっていく。オレンジを帯びた光に東半分が明るく輝き、逆側は濃い影を作る。人が、馬が、動き出す。今日もカザレナは、皆それぞれが自分たちの営みを平和に開始する。

「……綺麗」

目を細めてソフィーナはその光景を眺めた。

吹き込んできた風に髪が乱れて、ソフィーナの視界からフェルドリックが消えた。それでようやく一息つけたというのに、「本当に」と同意を口にした彼が、横から手を伸ばしてきて撫でつけてしまう。なんの気ない仕草にまた息が苦しくなる。

「……」

じきにアンナが朝食を持って背後の扉を叩くはず。どうかできるだけ早く来てほしい。でないときっと窒息してしまう。

＊＊＊

「お下がりなさい」

「妃殿下？」

王立孤児院に関する書類を確認し終えた後、カザック史をまとめた本を読んでいたソフィーナを訪ねてきたのは、王太子づきの執務補佐官フォースンと、王宮に出入りしている宝石商だった。新しい宝飾品を、とフェルドリックに言いつけられたフォースンが計らってくれたらしいのだが、とてもそんな気分になれない。

「何かご無礼でも……」

うろたえる恰幅《かっぷく》のよい宝石商に、アンナが「申し訳ないのですが、ご公務ゆえ少しお疲れなのです」と柔和に微笑んで退出を促した。

「さて、」

扉の閉じる音がして、フォースンも一緒に出ていったと思っていたのに、宝石商を見送った彼は戻ってきた。そして、ソフィーナへにこりと笑いかける。

「勤勉で名高い妃殿下が、この程度のご公務でお疲れのはずはないと思うのですが」

こういう瞬間に、彼がフェルドリックと共に働いている人間であることを実感する。

これぐらいの神経を持っていなければ、あのフェルドリックにはつき合えないのだろう。

気色ばみ、「なんてご無礼を……」と口にしたアンナを手で制すると、ソフィーナは苦笑を浮かべた。

「無駄な時間を過ごしても、お互いむなしいだけでしょう」

「……くださると仰るのですから、もらっておけばよいのに、と庶民の私は思ってしまいます」

いらない、とほのめかしたソフィーナに眉を跳ね上げつつ、「あの宝石商が持ち込む石の価格なら、最低でもあの本とあの本とあの本が買えるのになあ」と皮算用してみせたフォースンに、ソフィーナは目を丸くした後思わず吹き出した。唖然と口を開けたアンナが直後に苦笑したことにも気づいて、ますます心が軽くなる。

彼はカザックの日常の中でソフィーナが自然体で話せる、唯一の人間だ。

「これまでにいただいたものと使う機会を比べたら、もう十分でしょう?」

言いながら、ソフィーナは自然と視線を伏せた。

フェルドリックからは三日にあげずドレスや宝飾品、香水などの贈り物が届く。だが、いらないのだ。フォースンに言った機会の問題だけではない。

そもそもソフィーナはフェルドリックにとって、『着飾らせる必要のない』人間のはず。だから、これまで贈られた物は、王太子妃として恥ずかしくない体裁を整えるだけの、ただの物でしかない。真心を添えてほしいなどと望む気は当然ないが、物だけもらってもむなしいだけだ。

もちろんフェルドリックのことだから、着飾ったところでどうせ馬子にも衣装などと言うだけだろうというのも大きい。

あとは、フォースンにもアンナにも絶対に口にできないが、高価すぎるのだ。ハイドランドでは姉のためならまだしも、ソフィーナのための宝飾品やドレスにあの金額を出すことはあり得ない。

それを着飾らせる必要もないと思っている妃に対してあっさり支出できることに最初ショックを受け、それで贈り物にかこつけてカザックの国力を見せつけるというフェルドリックの意図にも気づいた。

(でも、本当の問題は……)

「それで……フォースン、少し私の相談に乗ってくれないかしら?」

フォースンがそのまま帰ってしまうなら口にする気はなかったが、察しのいい彼は戻ってきてくれた。彼の感覚も確認できた。ならば、と思う。

「妃殿下のお望みとあれば」

線の細い顔にかけられた銀縁メガネの向こうで、フォースンの黒い目が弧を描く。

ただでさえフェルドリックに振り回されているようなのに、こうしてソフィーナの望みを叶えようとしてくれる彼に、カザレナに来てから凝り固まっていた心が少し解《ほぐ》れた気がした。

「護衛、ですか」

それからしばらく経ったある日、言いつけられていた仕事についての質問をしに執務室を訪ねたソフィーナに、フェルドリックが唐突に告げた。

「何を不思議そうにしている？」

（今までどうでもよさそうだったのに、なぜ今更……ああ、そうか、フォースンね）

先日ソフィーナが頼んだことを叶えるために、彼が手配してくれたのだろう。

「……いえ」

彼の律義さに思わず頬を緩めれば、フェルドリックは眉を跳ね上げた。

「手頃な者がいなかったから、騎士団から派遣させることにした。そろそろ挨拶に行っているはずだ」

それから再び書類に目を落とすと、ペンを走らせながら、書類上と噂の中でだけソフィーナの夫であるその人は呟いた。

「騎士団から？」

思わず眉をひそめる。

この国の、特に王都であるカザレナの治安は、うら若い女性が深夜一人で歩いても安全なほどで、大陸中探しても比肩する場所がない。

カザックの誇る騎士たちが、平時にその治安維持にあたっているからなのだが、結果としてその中央にある王宮の安全も保証されている。

王宮内には貴族の子弟を中心とする近衛《このえ》騎士もいて、さらに安全なはずだ。もっともこちらは祖国の騎士同様半ばお飾りらしく、しかも最近では騎士団に人を奪われ、成り手も減っているらしいのだが。

（実際身の危険を感じたことなんてないのだけれど、わざわざ騎士団……）

ソフィーナは何か腑《ふ》に落ちないものを抱えつつ、新たな仕事の書類を渡されて自分の部屋への道を辿った。


「おかえりなさいませ」

自室に戻ったソフィーナを迎えたのは、少し落ち着かない様子のアンナだった。

「お目にかかれて光栄です。このたび妃殿下の護衛を拝命いたしました、ヘンリック・

バードナーと申します。精一杯努めさせていただきます」

「同じくマット・ジーラット、と申します、ソフィーナ妃殿下。よろしくお願いいたします」

怪訝に思った瞬間、アンナの背後のソファからすっと立ち上がったのは、黒と銀の制服をまとった背の高い二人連れだった。ソフィーナの前に進み出、乱れのない所作で最敬礼をとる。

彼らが顔を上げて、アンナの挙動不審さの理由を納得した。タイプが違うけれど、どちらもひどく整っている。

まっすぐでさらさらな茶色の髪に少し下がり気味の茶色の目。柔らかい雰囲気のバードナーは、顔全体の印象がかなり甘い。

どこか硬い感じのするジーラットは同じく茶色のショートヘアで、少しだけ癖毛気味。緑色の瞳が収まるアーモンド形の目がとても印象的だった。思わず見惚れてしまいそうなほどに綺麗な顔をしている。

「二人の働きに期待します」

気後れしそうになったのを隠して返したソフィーナに、二人は破顔した後、互いの顔を見てにこりと笑った。それが幼く見えてなんとなく納得した。これだけ若い騎士だ、護衛もきっと形だけのものだ、と。

（ひょっとして、護衛の一人もいないと噂されていることをフェルドリックも知っていてくれたとか……ないか）

またも都合よく考えそうになっている自分に気づき、ソフィーナは自嘲した。

「挨拶はすんだ？」

「っ」

ソフィーナが息をのんだのは、ノックと同時にちょうど考えていたその人が現れたから。だが、護衛の二人がそれを上回る緊張を見せて、ソフィーナは目を丸くする。

「……反射です、お気遣いなく」

それを疑問と感じ取ったのだろう、バードナーが引きつった笑顔でソフィーナを見た。その間もジーラットはじりじりと後退していく。

「それはなんのまねかな、フ……マット？」

「本能です、お気になさらず」

そっくり同じ表情でよく似たセリフを吐いたバードナーとジーラットに、ソフィーナは隠しきれず眉根を寄せる。

（王太子相手だから緊張して、というふうにも、畏敬の念ゆえに、というふうにもどうしても思えない。敢えて言うなら……警戒？）

「……」

フェルドリックはそんな彼らに、微笑んで見えるのに目だけは欠片も笑っていないという顔を向けたまま、ソファへと腰掛けた。そして、棒立ちのままでいたソフィーナの手を、当たり前のように引いて横に誘《いざな》う。

「ソフィーナ、アンナ、ヘンリック、お茶にしようか？　マット、君が淹《い》れろ」

フェルドリックの唐突な提案にアンナが、「わ、私もですか」とひどく動揺したのはともかく、彼に名を呼ばれたバードナーも飛び上がらんばかりに驚いている。が、こちらはアンナと違って、恐縮のあまり、というようには見えない。

「あ、あの、でしたら、私がすぐにご用意を」

「いいよ、たまには。マットが淹れてくれるそうだから」

ジーラットが返事もしていないのに断定するフェルドリックは変わらず微笑んでいるが、何か鬱屈がある、気がする。

「で、ですが、恐れ多くてとても」

「お気遣いありがとう。でもいいのですよ、アンナさん。せっかくの殿下のお言葉です。ゆっくりなさってください」

ジーラットは先ほどまでの緊張が嘘のように、アンナへと優雅に歩み寄った。そして、彼女の手を取って蕩けそうに甘く微笑みながら、その背をゆっくり優しく押し、ソファに座るように促す。

男性に言い寄られ慣れているはずのアンナの顔が赤くなって、職務と身分に厳格なはずなのにされるままソファへと身を沈める。

「う、裏切り者、自分だけ逃げる気か……！」

「ヘンリック、大丈夫——鍵は彼女だ」

「っ、確かに……立場が弱い人の前だといつも猫が」

「いいか、友よ、わかったら彼女を死守しろ」

お茶の準備に踵を返したジーラットの肩をバードナーが必死の面持ちでつかみ、こそこそと会話をかわす。

「……」

その彼らにフェルドリックは片頬をピクリと動かし、半眼を向けた。

（え、ええと、何、これ……）

目の前で繰り広げられる、ハイドランドではもちろん、カザックに来てからも一度も経験のない事態——ジーラットとバードナーの黒衣が目について、ソフィーナは目を瞬かせた。

カザック王国騎士団。平民出身者による創設以来、身分の別なく実力主義を貫いてきたという集団——だから、なのだろうか……？

(だって、この二人、明らかにフェルドリックを警戒しているわよね……? で、フェルドリックもそれを知っている。のに、怒っていない。けど、面白くはない……一体なんなの?)

そんな彼らをソフィーナの護衛につけるフェルドリックの意図はなんだろう、と警戒する一方で、アレクサンダーとフォースン以外にも理解者ができそうな予感だけはあって、ソフィーナは小さく息を吐き出した。

＊＊＊

「……徒歩?」

「はい。せっかくですから、街のことも知ってみませんか」

「で、これ、ご衣装です。そのドレスだとさすがに目立つので」

護衛の二人は、最初の印象通りとても変わっていた。

その日、ソフィーナは王立孤児院への訪問を予定していた。以前宝石を断った日に、ソフィーナがフォースンに頼んだのがこの視察だ。

孤児院のような場所は権力には関わらないけれど、場合によってはその国の暗部が見えることがある。そこを他国出身のソフィーナに見せるのをフェルドリックがよしとするかどうか、と思っていたが、あっさり許可が出たらしい。

そう、視察だ——従者を連れて馬車で行き、挨拶を受け、行き先の責任者の案内を受けて説明を聞き、周囲に畏《かしこ》まられつつ見学を終え、見送られて再び馬車で帰る……。

想像するともなしにそう思い込んでいた情景が一気に崩れ、ソフィーナは固まった。

（……本気で言っているの？　罠《わな》？　それともまたテストか何か？　いいえ、粗略に扱われているだけかも……いえ、カザックではそれが普通とか？　というか、私が街中の年頃の子が着るようなドレスを着て街に出る……？）

「……孤児院長が戸惑うのでは？　先方に心労をかけることを私は好みません」

嵐のように浮かぶ疑問で半ば恐慌状態であることを悟られないよう、ソフィーナは平静を保って返した。

ただでさえ地味な自分が、シンプルなドレスを着て、宝飾品もなしに徒歩で孤児院を訪れても、院長も誰も自分が視察に来た王太子妃だとは思わないだろう、とはもちろん言えない。

「どうせならお忍びで、と。そのほうが実情がわかるだろうとのフェ、王太子殿下のご指示です。院長だけにはその旨了承いただいておりますので、あちらに着いたらこっそり院長を訪ねましょう」

そうにこやかに答えたジーラットの顔を、ソフィーナはまじまじと見つめた。相変わらず美しい顔をしているが、彼は騎士団の制服ではなく、シンプルな開襟シャツと濃紺のスラックス姿だ。帯剣していない。かたやバードナーはいつも通りの制服だ。

（大丈夫、なのかしら……）

フェルドリックの指示と聞いて、なんの意図があってのことだろう、と疑心暗鬼になる。

「我が騎士団をご信頼ください。常日頃から鋭意王都の治安維持に努めておりますし、私たちも全力で妃殿下をお守りいたします。あ、ちなみに、ジーラットは剣の他にナイフに短刀、体術、槍《やり》に弓、なんでもありの歩く兵器みたいなものですから」

（――読まれた）

内心で瞠目《どうもく》しながらバードナーを見れば、「兵器って」と顔をしかめるジーラットに「ほんとのことじゃん」と笑っている。

「ちなみに、カザックでは珍しいことではないですよ。国王陛下もフェルドリック殿下も護衛数人だけで外出なさいますし、ナシュアナ殿下に至っては護衛なしでお出かけになっていたこともあるそうですから」

（そうとまで言われてしまうと、さすがに断れない……というか、そもそも私、断りたいのかしら……）

結局ソフィーナは、同様に戸惑うアンナに手伝ってもらって、なんとか着替えた。

鏡に映る自分の姿が予想に寸分違わず、どこにでもいそうな町娘に見えることに苦笑を零しつつ、再び二人の前に出て……また硬直した。

「おお、思った通りめちゃくちゃかわいいです、妃殿下。それ、僕の奥さんのメアリー！　のお手製！　なんですよ」

「はいはい、それは関係ない。けど、妃殿下、お似合いという点には私も同意します。本当に素敵です」

「……あり、がとう」

お世辞ではなく、心の底から褒めてくれているという様子の二人に、無礼を咎めるべきか悩んだ挙げ句、ソフィーナは結局そう口にした。そんな言葉に目を丸くした後、笑み崩れた二人を見ていたら、悩むのもばかばかしい気がする。

「……」

思わずアンナを見れば、彼女も困っているようだった。

裏門から二人につき添われ、おそるおそる城外へと足を踏み出した。春の盛りの昼空は青の中に薄く霞みが混ざり、雲一つなく晴れ渡っている。

「……」

門番に陽気に挨拶する二人の声が遠くに聞こえた。

ハイドランドでもこうして忍ぶように街に降りたことはない。石畳を踏みしめている
はずなのに、足元がふわふわしている気がする。
「じゃあ、これとこれ、あとは……」
「メツナはどうだい、今日のは特別甘いよ、海岸地方産だ」
「へえ、海岸地方の。じゃ、それもらおうかな」
街中では人々が普通の顔をして日常を送っていた。あちらでは子供たちが駒を回して
遊び、そちらでは男性が女性に声をかけている。荷を崩した馬車が道をふさぎ、別の馬
車の御者が文句を言いながら、荷を直すのを手伝っている。
すれ違う人は誰もソフィーナに気を留めない。たまに視線が向けられることがあって
も、なんの感情もないまま、自分の上を通り過ぎていく。
そのすべてにひどくドキドキした。
(……っ、失敗したわ)
きょろきょろしていたせいだろう、バードナーとジーラットが子供を見るような目で
ソフィーナを見て微笑んでいる。ソフィーナは慌てて表情を取り繕った。
「あ、そうだ。妃でん、じゃない、ソフィーナさま、これ、お小遣いです」
「……おこ、づかい」
が、繕いはまたも破られた。ついでに言うなら、帳簿の上で常に見ていたお金に触れ

たのも、その日が初めてだった。

「ご自身で好きなものをお買い求めください。あ、帰るまでに全部使い切るんですよ？」

「……五百キムリ銀貨二枚……」

その価値がわからないソフィーナに、バードナーが楽しそうに笑う。

「値札があってもたくさん買ったり、うまくかけ合ったりすれば、少しぐらいは値切れます」

「値、切る？　安くしてもらうということかしら？　……そんなことをすれば、売り手が生活に困ります」

「大丈夫、あっちも値切られるのは想定済みです。そうやってやり取りして、お金以外の生活の楽しみにしてるんですよ」

「だから、頑張って笑わせてやってください」

「とりあえずコインはポケットに入れておいてください。後でどこかでお財布を買いましょう」

（お財布、はお金を入れるバッグのことかしら？　ということは、街に出るの、今日だけじゃないの？）

「……」

ソフィーナは瞬きを繰り返しながら、手元の銀貨を見つめた。彫られているカザックの建国王の横顔は、フェルドリックに少し似ている気がする。

「ほら、馬車が来ますから、こちらに寄ってくださいね」

「ご興味のあるものがあれば、いつでも。どこでもついていきますから」

バードナーが戸惑うソフィーナに優しく笑いかけてくる。ジーラットが差し出してきた手におずおずと手を乗せれば、彼は嬉しそうに笑った。

「さあ、行きましょう。今からならちょっと寄り道するぐらいで、ちょうど約束の一五時です」

そう言って二人はソフィーナを間に挟み、街へと歩き出した。

＊＊＊

「フェルドリック殿下のソフィーナさまへのご様子、どうお思いになりまして？」

「私の目にはお気に召しているように。名高い姉姫さまでないとお伺いした時は、正直何かの間違いかと思ったのですが」

「ご寵姫《ちょうき》なのでしょう？　毎夜毎夜、訪《おとな》いを入れていらっしゃると」

（話題も内容もハイドランドと特に変わらないわね……）

有閑を持て余す貴族たちにとって、王族の私生活は格好のゴシップだ。

探していた資料を王宮図書館で見つけたソフィーナは、自室へ戻る途中、彼らがたむろする場所の木陰で足を止めた。先日、護衛の二人につき添ってもらって街に降りてから少し上向くようになっていた気分が、また沈んでいくのを感じる。

「散らしますか？」

「いいえ、すべての情報には何かしらの価値があります」

今も一緒にいるバードナーが見せた鋭い顔と固い声に、それでもソフィーナは首を横に振った。

「それもどこまで本当なのだか……」

「この間のホーセルン公爵のお茶会もフェルドリックさまお一人でしたし……」

「あちらはご令嬢が四人もおられて、誰か一人はフェルドリックさまのお側に、と昔から意気込んでいらしたもの。そんな場にすらソフィーナさまをお連れにならないとなると……」

「『そんな場』にお連れしたら、妃殿下がお疲れになるとお考えなのでは？」

くすくすと笑う声が続く中、ソフィーナは小声ながら自分を擁護しようとしてくれている夫人の顔を記憶にとどめた。次にそれ以外の者の顔。

誰が何を言おうと自分がすべきことは変わらない。ただ、誰が何を言ったかは把握しておく——すべての感情を押し殺して、母の言いつけをそのまま遂行する。

「いずれにせよ、若い娘たちは希望を持ち直したようだね」

「ご政略であればいわずもがな。そうでなくとも、ソフィーナさまでよいのであれば、とここ最近皆色めき立っていますものね」

「ああ、あれだけ噂のあったフィリシアさまをアレクサンダーさまにお譲りになったのも、そういうご趣味だったからだとすれば、納得できますわ」

斜め後ろでバードナーが「的外れもいいとこです」と呟いた。気遣うような声に母の教えを守り切れなくなって、ソフィーナは視線を伏せる。

他の誰の名が出ても所詮は噂と思うことができただろう。だが、今出ていた名だけは違う。結婚を祝う夜会でソフィーナが何もかも忘れてただただ見惚れてしまった女性こそが、彼女たちが話題にしているフィリシア・ザルアナック・フォルデリークだ。

騎士団にいるという彼女は、この国で知らない者がないほどの有名人だ。

カザックの建国に大きく関わり、その後の維持にも騎士団の創設と指揮を通じて多大な貢献をした、英雄アル・ド・ザルアナックの孫。

女性でありながら、鍛えられた騎士たちの中でも実力者の一人だという。事実、野蛮な侵略を繰り返して自国と周辺国を恐怖に陥れた、ドムスクスのかつての狂将軍を真っ向勝負で叩きのめして失脚に追い込み、カザックで四年に一度開かれる御前試合でも前回準優勝している。

七年前のシャダの絡む内乱でも先のドムスクスとの戦争でも相当な活躍をしたらしいし、西大陸にまではるばる行って技術や知識を持ち帰り、カザックの発展に貢献したとも聞いた。

前回御前試合の優勝者で、様々な戦争を通じて戦略家としても名を馳《は》せるアレクサンダー・ロッド・フォルデリーク次期公爵の妻。

彼女の実家も伯爵位ながら国内有数の力を持つはずだ。その証拠に平民出の妾妃腹とはいえ、フェルドリックの末の妹ナシュアナは彼女の兄に嫁いでいる。

「それこそどうなのかしら？　だって……ねえ」

「そうですわね、フェルドリックさまとフィリシアさまは今も仲がよろしくていらっしゃるから」

「フィリシアさまだけですしね、王太子殿下の御名をお呼び捨てできる女性は」

「アレクサンダーさまがいらっしゃらない時に、フィリシアさまが殿下の護衛につかれることも珍しくないですものね。会話をなさる距離も近い気がします」

「フェルドリック殿下がご結婚なさったのは、案外隠《かく》れ蓑《みの》なのではなくて？」

「まあ、ではアレクサンダーさまも気が気ではないわね」

無責任に広がっていく忍び笑いを、「アレクサンダーさまも含めて、幼馴染《おさななじみ》でいらっしゃるというだけかと」と遠慮がちに諫める声がしたが、すぐにかき消されてしまった。

（フェルドリックの支持基盤を壊しかねない――看過していい内容ではなくなった）

「ごきげんよう。随分と楽しそうにお過ごしですこと。私も混ぜていただこうかしら」

ソフィーナは気を取り直すと、背筋を正して木陰から出、顔に威厳と笑みを浮かべて、彼女らに近づいた。

王族としての責務には、こんな噂をきっちり管理することも含まれる。

けれど、一瞬気まずそうな顔をした彼女らも然《さ》る者。まるで違う話題を、いかにもその話をしていました、というように口から紡ぎ出す。

「オール・ド・レメンの新作について話をしておりましたの」

「そういえば作風が一段と軽やかになったとか」

そうと知っていながら、ソフィーナは彼女らの話題に乗る。同時に、笑顔に混ぜて警告の視線を送った。

（そう、これでいい。噂はどこに行ってもつきまとう。うまく対処しなくては……）

終始申し訳なさそうな顔をしている伯爵夫人にだけ、ソフィーナは安心させるように微笑みかけた。

「では、私はこの辺で。ごきげんよう」

不自然にならない程度に会話を回したところで、場を切り上げる。

「残念ですが、お忙しくなさっていると……お引き止めしてしまい、申し訳ございません」

「さすがですわ。既にご公務を任されていらっしゃるなんて」

「慣れないことも多いですが、丁寧にお導きいただいているおかげでなんとか」

誰に、とは言わず、ただ匂わせて微笑んだソフィーナに、一部の人の顔が歪み、一部は驚き、伯爵夫人だけが嬉しそうな顔をした。

（……丁寧どころか、そもそも導くなんてものじゃないけど）

その反応すべてに皮肉に笑いそうになるのを抑えて、ソフィーナは彼女らに改めて暇を告げた。


そうして自室に戻る途中の小さな庭の脇で、ソフィーナはようやく息を吐き出した。

「……少し一人にしてもらっていいかしら」

「承知いたしました。お困りの際はお呼びいただければいつでも」

バードナーは理由を聞かず、ただ優しい微笑だけを見せて、ソフィーナから離れていった。

いつも人気のないその庭は、ソフィーナが最近見つけたカザック王宮でのお気に入りの場所だった。

真ん中にある小さな噴水脇のベンチに腰掛け、体を伸ばす。鬱屈から逃げるように空を見上げれば、一面に薄い雲が張っている。小鳥が二羽《わ》、追いかけっこをするようにその空を飛んでいった。

「……噂かあ」

ソフィーナはくすんだ空の青に親近感を持ちながら、ぼそりと呟いた。

噂はいつだって無責任で、対象となる人をひどく傷つける。その内容が嘘であってなお、真実であれば殊更に。

(フィリシア・ザルアナック・フォルデリーク。フェルドリックの元婚約者で、おそらく今なお彼の想《おも》う人――大当たりだわ、あの人たち)

匂い立つように艶やかなあの人があの日着ていたドレスのことを、ソフィーナは知りたくもないのに知ってしまっている。あれはフェルドリックからの贈り物らしい。

結婚祝賀の場にそれを着てきた彼女の気持ちは、一体どのようなものだったのだろう、とソフィーナはぼんやり想像してみる。

『お会いできて光栄に存じます、ソフィーナ妃殿下。並びにご結婚……おめでとう、ございます』

祝いの言葉の前に、声を詰まらせた彼女の気持ちも。

ソフィーナとの最初のダンスを終えた後、フェルドリックはアレクサンダーと帰ろうとしていた彼女を呼び止めた。歩み寄って彼女の耳に唇を寄せ、何事かを囁《ささや》く。

その彼を前に、彼女は赤く染まった顔を伏せ、お腹《なか》の前で両手を握りしめて、小さく首を振った。動きに合わせて長く美しい金の髪が左右に広がる——美しいフェルドリックと同じく美しい彼女の束《つか》の間《ま》の逢瀬《おうせ》は、そこだけ切り取られた絵画のようだった。

彼女は顔を俯けたまま、足早にその場を離れていく。その姿をフェルドリックが名残惜しそうに見送り、自分の元に戻ってきた彼女を受け入れたアレクサンダーがフェルドリックへ複雑そうな顔を向けたことも知っている。

『王族の結婚なんてそんなものだ』

(あの言葉は恋い慕う相手と添い遂げることはできないという意味だったのね……)

フェルドリックが『初夜』の晩に言っていた通り、想い合っていても報われない、王侯貴族にはよくある悲恋なのだろう。

「……あんな性悪のどこがいいのかしら」

うずく胸の痛みをごまかすために、ソフィーナは敢えて言葉にする。

声が春のいたずらな風に乗って散っていく。横髪が同じ風に巻き上げられて、くすんだ空へと舞い上がった。

あれだけのことを言い、あれだけソフィーナを惨めにした人だ。しかも、彼のその行為と自分の愚かさのせいで、最愛の兄にまで迷惑をかけてしまった。

（どこまでも迷惑な人。これ以上煩わせてこないなら、彼が誰とどういう関係になろうと、誰を想っていようとどうでもいい……）

心底そう思っているはずなのに。

「ソフィーナ」

「っ」

なのに、その声に呼ばれるたびに心臓が跳ねる――泣きたくなる。

だから、そんな権利などないのに、「なぜ構うのか、放っておいてくれ」と詰《なじ》りたくなる。

「なん、でしょう。今朝言いつけられた仕事ならまだ……」

「違う。本が届いた。君が探していたものだ」

必死で平静を装って振り向き、再確認する。

（この人、私のこと、本気でどうでもいいのよね……）

だから、ソフィーナの気持ちを斟酌《しんしゃく》することなく、彼自身の気分のままに毒を吐き、かと思えば、こうやって気まぐれに柔らかく笑いかけてくる――。

「ありがとうございます。後で使いをやります」

そう知っているのに、それでもこうして声をかけてくれることを、見つけてくれたことをどこかで嬉しいと思ってしまって、ソフィーナはさらに落ち込んでいく。

「僕に君のために別途時間を割けと？　面倒だ。今取りに来い」

動きたくないという意志のまま座っているソフィーナに、言葉通り面倒そうに肩をすくめ、フェルドリックはソフィーナが膝に置いている手を無遠慮に取った。

「……なんだ、妙に大人しくないか」

「私は基本大人しいです。殿下のように裏表もありません」

「普段通りだったな。本当に大人しい人間はそうは言わない」

心配されて嬉しくなったのを隠そうとしたソフィーナに、半眼で「言動ぐらいかわいらしくすればいいものを」と皮肉を吐くくせに、彼は手を離さない。

「……ご賛同いただけると信じておりますが、相手を選んでの言動は、私たちのような立場の者の基本です」

「なるほど僕相手に見せるかわいげはない、と。実に徹底している」

自覚がある分、かわいくないという言葉が突き刺さった。そう思うならなおのこと放っておいてほしいと嫌みまで口にしたのに、前を向いたままの彼が気にした様子はない。

「……」

しっかりと握られたまま引かれていく手と合わせて、さらに悲しくなる。

ただ嫌みだけを言っていてほしい。常に蔑むように見ていてほしい。

気まぐれに笑うのもやめてほしい。なんの気なしに触れないでほしい。

ドレスも宝飾品も香水も本も何もいらない。体面を取り繕うための優しい仕草も呼吸が苦しくなるだけ。

いっそのこと自分を視界に入れることすら、厭うてほしいのだ。でなければ余計――。

（愚かさへの罰だとしても、これはあまりにむごいです、お母さま……）

視線を繋がれた手から無理に空に移す。その遥《はる》か北、故郷の大地に眠る母へと、ソフィーナは悲嘆を漏らした。

＊　＊　＊

「……奨学金？」

「はい。殿下から拝領する品々の一部をそちらにあてられないかと、ソフィーナさまより申し出がありました」

朝の執務室に、開け放した窓から初夏を思わせる風が吹き込んできた。挨拶を終えるなり補佐官のフォースンが口にした言葉に、フェルドリックは眉をひそめる。

色々な疑問が浮かんでは消えていくが、その中で一番解《げ》せないのは、なぜ自分に直接言わない？　というものだった。先ほどまで彼女と同じ部屋の、同じ寝台にいたのに。無論ソフィーナが自分以外の男、フォースンに話したのが不快などという感情ではない。

（さて、今度は何を企《たくら》んでいるのか）

ハイドランドの賢后に手ずから育てられた彼女の思考に、疑念を覚えているのだ。教養、品位、王族たる責任感とふるまい、それらに裏打ちされた矜持――ソフィーナ・フォイル・セ・ハイドランドほどカザック王太子の妃に相応しい人はいない。

だが、彼女は結婚してすぐの夜に、フェルドリックの予想にまったくなかったことを言い出した。即《すなわ》ち、仕事をさせてくれ、ただし世継ぎを作る以外の、と。

見込み通り聡明な彼女が出してきた、予想外に奇妙な申し出。フェルドリックがそれを受けることにしたのは退屈しのぎ、そして、打算だった。王族なんかに生まれてただでさえ不自由な境遇にいるのに、加えて嫌う相手に嫁する羽目になったのだ。それぐらいの自由がなければ、いずれただのパートナーとしてやっていくことも難しくなる。

自分が受け持っている仕事の中から、対外的な影響がなく、国内の権益にも関わらない、ともすれば、どうでもいいと分類されるような仕事を見繕って与え始めて、二か月後ぐらいだっただろうか。フォースンから『ソフィーナ妃殿下が王立孤児院の視察に行きたいと仰っています』と報告を受けたのは。

その前日に孤児院運営の収支報告書を渡していたと瞬時に思い出し、カザックの暗部を探りたくなったか、とフェルドリックは皮肉に笑った。

自国カザックは、ソフィーナの祖国ハイドランドより格段に裕福だ。

国土面積が圧倒的に大きく、土地の生産性も違う。軍事力に裏打ちされた安定により経済活動も活発で、商人の数も業種も規模も比較にならない。

対外的にも有利な立場を維持できているおかげで、外国からの財の流入も多い。

大きな戦乱も災害もここのところなく、平和が続いているために、人々も富を蓄えられており、それがまた活発な経済へと繋がっていく。

毎年冷夏に戦々恐々としなくてはならないハイドランドとは比べるべくもない。

その辺をあらかじめ知らしめてやろう、その意図もソフィーナなら正確に理解するはずだと思い、結婚後フェルドリックはハイドランド程度の財力では手を出しにくいようなものを選んで、日々ソフィーナに贈っていた。

(なるほど、賢く、民想いの我が妃殿は、それが弱者を犠牲にしてのものではないかと疑って孤児院の視察を言い出した訳だ)

実に彼女らしい、と唇の片端を吊り上げて笑い、フェルドリックはフォースンに『好きに行かせてやれ』と許可を与えた。

『ああ、どうせなら内々に訪問するといいだろう。そのほうが内情がわかる』

外歩きをするとなると護衛がいるな、と思ったところで、彼女の護衛の話が進んでいないことを思い出し、フォースンに副騎士団長を呼ぶよう告げたのだった。


（そういえば、その後護衛二人と徒歩で孤児院を訪問した、金を渡されて街中で自ら買い物をしたと聞いたのもフォースンからだったな……）

と思い出して、フェルドリックは彼の黒い瞳を見つめた。

「……なんか、睨まれているような気がするのは、気のせいですか？」

「気のせいだとわかっているなら、わざわざ口にするな」

今度は露骨に眉間に皺を寄せて、「それで」とフェルドリックはインク壺《つぼ》にペンを立てる。

「奨学金の話だが、理由はなんだと？」

「孤児院の子供たちとお話しになったのだそうです。それで、彼らの将来の希望、騎士になりたいとか、役人になりたいとか、商売をしたいとか――個人的には役人、特に王宮勤めなんかは絶っ対に勧めませんが――というのはさておきっ」

自分の従弟であるアレクサンダー・ロッド・フォルデリークに比肩する頭脳の持ち主

でありながら、彼と違っていつも余計な一言を言うフォースンを睨んで黙らせつつ、フェルドリックは続きを促す。

もう一人、同じように遠慮なく、余計な一言を言いまくる緑の瞳を思い浮かべてしまったのも不機嫌の原因だ。

(あいつがソフィーナに何か吹き込んだか……？　いや、あいつはそういう知恵が回るタイプじゃない……)

「と、とにかく子供たちの希望を聞いて、お思いになったのだそうです。いくら望みがあっても、彼らにはそれを叶える術《すべ》がごく限られている。だから、より多くの機会を与えるべく、奨学金を用意してはどうだろうか、と」

フェルドリックの祖父、建国王アドリオットがこの国を興した際、全土の初等学校を無償化し、すべての子供に門戸を開いた。だが、それ以上となると、ある程度裕福な家庭の子供だけのものとなってしまっている。

そういえば、フォースンもあの孤児院出身のはずだ。彼の場合は、フェルドリックの教師の一人でもあった高名な学者に見出《みいだ》されて、養子となったために、教育の機会には困らなかったはずだが……。

フェルドリックは、目の前に立つフォースンの少し神経質な印象のある、線の細い顔を見つめた。彼が嬉しそうにしているのは気のせいではないのだろう。

ソフィーナが国のために王族たる責務をきっちり果たすことは知っていた。だからこそ妃に選んだ。だが、彼女が見ているのは国そのものではなく、そこに生きている一人一人らしいと悟って、フェルドリックは息を吐き出した。

自分のものを他人のための奨学金にあてたいなどと言い出したのも、結局は彼女がそういう人だからなのだろう。

(嫌っている人間の体調を気遣ってくるようなお人好《ひとよ》しだから、不思議はないが……)

「――……馬鹿にもほどがある」

目を眇め、吐き捨てるように小さく呟いた。

王族なんかに生まれたのだ、他者に対して優しくあろうとすればするほど、どこまでも搾取される。

事実フェルドリックなんかに目をつけられて、こんな状況に陥ってしまっている――。

「何か仰いましたか？」

「……いや。奨学金は構わない。だが、それはそれだ。彼女に贈る物とは別途出せばいい」

(まあ、害になる訳でなし、好きにすればいい)

フェルドリックは頭を振ると、再びペンを手に取り、別の手でページをめくる。

「あー、まあ、妃殿下ははっきりとは仰いませんが、いらないみたいですよ」

「……」

その言葉に、フェルドリックは再度動きを止めた。

「我が妻、王太子妃が敢えて濁しただろうことをはっきり口にするとは、相変わらずいい度胸だな、フォースン……？」

「いっ、やいやいやいやいや、間違えました……っ」

フェルドリックにぎろりと睨まれて、フォースンは必死に首を振った。

「ひ、妃殿下が仰ったのは、頂いた物と使用する機会を比べたらもう十分という理由でした……っ」

「………………多くあったからといって、困るものでもなかろうに。ただでさえ地味な上に質素が行きすぎて貧相なのに……」

フェルドリックは一瞬唖然とした後、呆れのため息を吐き出した。

何気なく訊ねてそのたびにはぐらかされているが、ソフィーナはやはりハイドランドの財政に相当関わっていたのだろう。結果がその残念な倹約思考な訳だ。

（……姉のほうは相当なドレスと宝石を身につけていたがな）

オーセリン、そしてハイドで出会ったソフィーナの姉を思い出して、フェルドリックは剣呑《けんのん》に眉根を寄せ、再び手元の紙に目を落とした。

（持つべきはあんなのではなく、有能な妃だな。もう少しついて、ハイドランドの財務状況を吐き出させるとするか……）

想定外の行動をしない訳ではないが、見込み通り彼女は実に有益だ。

もちろんこれは『契約』なのだから、その分の対価を支払うつもりもある。

（ドレスでも宝石でも堂々と要求して、もっと我がままにやればいいと言っているのに、清廉なのもあそこまで行くと奇特というしかない）

鼻を鳴らした瞬間、フォースンが「万事控えめな方ですから、せっかく招待があってもどなたかが全部断っていらっしゃるとなると余計に、でしょうね」としみじみと非難を向けてきた。

「事情が事情だというのは理解しますが、フォルデリーク公爵夫人やそろそろお戻りになるナシュアナさまのご招待ぐらいは……ああ、別の意味で連れていけないんでしたっけ？」

顔を書類に向けたまま、視線だけを彼にやれば、にやにやと笑っている。

「……フォースン、ドムスクス東部にかかる暫定予算案だが、明日中に仕上げろ。陛下がお待ちだ」

「げ。ちょ、ちょっと待ってください、財務相と騎士団との調整にまだ時間が要りそうだと昨日……」

「なら、なおのことすぐに取り掛かったらどうだ――さっさと行け」

慌てて退室していく彼の顔が真っ青だったのは、自業自得というものだろう。

フェルドリックは改めて書類に目を落とし、修正の指示を書き込む。その内容と同時に、勝手に浮かび上がってくるのは昨夜の光景――寝台の上に置いたメスケルの盤上で駒を動かしてみせつつ、真剣にルールを説明していた幼い丸顔だ。

(……つくづく気に入らない)

小さく息を吐いて気を取り直し、次の書類を手に取れば、ハイドランド国王あてにソフィーナの近況を知らせる親書を出せという、母であるカザック王后からの私信だった。

タイミングの悪さにさらに不機嫌になりながら、フェルドリックは便箋を取り出し、隣国の無能で愚鈍な王にあてて、形式的な文言を並べていく。

(ばかばかしい、あの男はソフィーナに興味などない。輿入れに持参した物を見ても明らかだろうが)

だからわざわざ、と思い浮かんだ瞬間、指先に力が入った。ペンが紙に引っかかり、破れてしまう。

「……」

フェルドリックは目を眇めると、破れた便箋をぐしゃぐしゃに丸め、傍らのくず入れに放り込んだ。

＊＊＊

「妃殿下、温室の花を好きに摘んでいいとコッド爺《じい》さんが。せっかくなので一緒に行きませんか？　アンナさんもご一緒しましょう」

入室してきたバードナーが、机の前で書類に目を通すソフィーナににこにこと笑いかけてくる。

（ハイドランドでは、護衛騎士が主君に花摘みに行こうとは絶対に誘わないわね……。でも、息抜きにいいか）

祖国では無礼と咎められる行為を受け入れるようになった自分に苦笑しながら頷くと、ソフィーナは手にしていたペンを置いた。

茶色い目と髪の、優しい風貌のバードナーは、機知と世間知に富んだ話し上手でもあって、その人好きのする性格と合わせて、周囲の人々から警戒感を抜いてしまう。フェルドリックからカザックで指折りの豪商の末っ子だと聞いて、納得したものだった。

「温室なら、バラももう咲いているかもしれませんね」

そうアンナがソフィーナに笑いかけてくる。その顔にバードナーやジーラットに対して当初見られた戸惑いや憤りがなくて、ソフィーナはさらに目元を綻ばせる。

「妃殿下っ、匿《かくま》ってください、追われてます……っ」

バードナーが扉を開けた瞬間、今度はジーラットが駆け込んできた。

「今日は一体何をしたの？」

この前は貴族の子供たちに誘われるまま石蹴りをしてガラス窓を割った、その前は木に登って枝を折った、さらに前は下働きの老女に暴力を振るっていた近衛騎士の腕の関節を外した……要領のいいバードナーと違って、ジーラットはいつも騒ぎの中心にいる。

そのせいか、彼が関わる場合、ソフィーナはあれこれ考えるより早く言葉が口をついて出るようになってしまった。熟慮の上で言葉を発するよう徹底して訓練されてきたソフィーナからすると考えられないことだったが、不思議と嫌な気分はしていない。

「事情によっては庇《かば》ってあげるわ」

そう苦笑してみれば、ジーラットは眉根を寄せ、首を傾げた。

「……あれ？　そういえば、ばれるようなことは特にないはず……？」

（「怒られることは何もない」でないのが、ジーラットの正直なところね）

ソフィーナはくすりと笑う。ジーラットは思っていることも感じていることも、そのまま顔に出る。彼のそういうところに、ソフィーナはいつもほっとさせられる。

「フ……、マット！　待てと言うとろうが！　こ、これ、これをソフィーナさまに……」

そのジーラットを追って息を切らして走ってきたのは、王宮の料理長だった。カザレナに来てすぐ、フォースンに連れられてきた彼に一度目通りを許した覚えがある。

「こ、これはソフィーナ妃殿下。た、大変な失礼を……」

開いた扉の中にソフィーナの姿を見つけた料理長は、慌てて帽子を脱いで畏まった。その様子に『ああ、普通はこうだったわ』と懐かしい感覚を覚えて、ソフィーナは小さく笑う。

ふと料理長が手にしているものが目に飛び込んできた。ガラスケースに入った、砂糖漬けのライラックの花で彩られたケーキ――ハイドランドのシャルギだ。

頭を下げたまま耳まで真っ赤にしている老齢の料理長に、「ああ、そうか」とジーラットは優しく微笑んだ。

「三日前のご昼食をお褒めくださったでしょう？　料理長にお伝えしたら、あれは北方料理だと。それで、妃殿下は故郷を懐かしんでおられるのかも、と仰っていたんですよ」

（それでハイドランドの伝統菓子をわざわざ……）

「……ありがとう、サジェス。今だけではないわ。毎日あなたの料理を楽しみにしています」

ばっと顔を上げた料理長は目をみはると唇を引き結び、またソフィーナへと深く頭を下げた。

「よかった。前、おやつに出た銀のナイフ、試しに投げてなくしちゃったのが、ついにばれたのかと思った」

別の意味で顔を赤くした料理長にジーラットが引っ張っていかれるのを見て、ソフィーナはまた笑いを零した。人並外れて整った彼の顔に情けなさが目一杯に浮かんでいるのだ。横を見れば、バードナーとアンナも一緒に笑っている。

ソフィーナがカザック王国に来てから、四か月が経った。

最初の予感通り、ソフィーナはこの国を好きになってきている。護衛の二人に連れられて街に降りてから、特に、だ。

孤児院への視察ついでに街に出たあの日、ジーラットに渡されたお小遣いを手に挑んだ、ソフィーナの生まれて初めての買い物はアイスクリームだった。

「おや、あんた、この国の子じゃないな。しかもいいとこの子と見た」

言葉に詰まったソフィーナに、ケラケラと笑ったアイスクリーム屋の主人。

「へえ、じゃあ記念におまけしてやるよ。いいとこだろう、ここは。しかも住みやすいんだ。あんたも気に入るといいけどねえ」

そう言って、食べ切れないのではないかというほどのアイスを加えてくれた夫人。

「へえ、ハイドランドご出身なんですか？　フェルドリック殿下のお妃さまと同じですね。私どもはあちらと取引がありまして、随分と文句を言われておりますよ。うちの優しい王女殿下を盗《と》ったって」

そう教えてくれたのは、自分の好みで服を買ってみたらどうか、というバードナーの提案で入った衣料品店の女主人。

「お姉ちゃん、遊んでくれるの？　じゃあ、一緒におままごとしよう」

「ばか、あっちで騎士ごっこするんだよ。本物の騎士がいるんだぞ！　姉ちゃん綺麗だから、お姫さまの役な」

「お母さんもお父さんも死んじゃったけど、でも大丈夫。優しい人いっぱいだし、アーミラ先生も院長先生も肉屋のおじちゃんも果物屋のアリスもここのみんなもみんな好き。あ、お姉ちゃんたちも！」

孤児院の幼い子たちはソフィーナにつきまとい、無防備に笑いかけてきた。

「ここの手伝いがしたい。そのためにもっと算術を勉強しなきゃいけないんだ。中学も行ければいいけど……」

「騎士！　だってかっこいいじゃん。俺らが街でいじめられた時とかいつも助けてくれるし。だから試験も受けてみる。多分厳しいけど、それでも」

「姉ちゃん、カザックの人じゃないの？　その絵、僕らの王さまと王子さまだよ。そっちが建国王さま」

「院長先生も僕らと同じでお父さんもお母さんもいなくて、でも建国王さまの前の時だったから、仲間はみんな死んじゃったって。だから今僕らが生きていられるのは王さまたちのおかげなんだって。だから御恩返しがしたい！」

孤児院の少し大きい子らは自分たちの置かれた状況を理解している。それでも希望を失わない。

ソフィーナが出会ったカザックの多くの人は善良で、他者への思いやりに満ちていた。結婚式の行われた日、嘆きと共にバルコニーに出たソフィーナを温かく迎えてくれた人々の印象そのままだった。

食べていくのに困っていないということもあるだろう。けれど、一番の理由は皆が未来に希望を持っているからだ。

ここはソフィーナが、母が、兄が愛するハイドランドではない。それでも、あの人たちに自分もできることをしたい。そう思えるようになったら、ソフィーナ自身の希望にもなった。

そして、あの人たちを支えている一人がフェルドリックだと思ったら、彼を厭う気持ちも減った。最初の印象通り、為政者としての彼は優秀で真面目で優しくて、その点については心から尊敬できるし、学ぶことも本当に多い。

異国での暮らしは相変わらず慣れないことも多いけれど、王宮の人々とは少し馴染んできたように思う。口に出したことはないけれど、騎士団から派遣されてきた護衛の二人、バードナーとジーラットに因るところが大きい。

出会った時から感じていたように、彼らはひどく人好きのする人たちで、なんとか威厳と距離を保とうとするソフィーナの努力も戸惑いも無視して、孤独だったソフィーナたちの日常にすっと入り込んできた。

思ったこと、感じたことを、彼らはそのまま顔に、言葉に出す。けれど、それはいつだって優しい思いやりに満ちていて、駆け引きもない。ハイドランドではあり得ないはずの距離、率直に言ってしまえば、無礼な行為の数々に困惑することもあったけれど、ソフィーナが礼を言うたび、笑うたびに、彼らの顔が喜びで綻ぶ。それでソフィーナはそれがカザックの騎士たちなのだと自分を納得させることにした。

そんな彼らだから、身分の別なく王宮で働く誰とも親しい。結果彼らと一緒にいるソフィーナも周囲との距離が縮まった。彼らが来るまで余所者《よそもの》でしかなかったソフィーナに対する人々の壁が、驚くほどの早さで低くなっていく。

そのせいなのだろう。アンナの顔からも硬さが消えて、よく笑うようになった。こちらの国で友達もできたのだと言う。家族も故郷もすべて捨てて自分についてきてくれた彼女から次第に力みと陰が抜けていく様を、ソフィーナは本当にありがたく見ていた。

今もそうだ。ジーラットを除いた三人でやってきた温室で、アンナが鋏《はさみ》を手に部屋に飾る花を楽しそうに選んでいる。バードナーはというと、美しい大輪の赤バラを熱心に見つめていた。

（来てよかった）

広大なガラス温室は、すべての窓と戸が開け放たれていてなお、花の香りが立ち込めている。優しい香りに促されるように、ソフィーナは細かく枝分かれした茎のそれぞれに小さな白い花がたくさんついた一本を手折った。

「お疲れ。サジェス料理長のお説教は終わった？」

「……一旦保留。護衛の仕事があると言って、逃げてきた」

「残念。戻ったらお茶にしようって妃殿下が仰ってるけど、マットは参加できなそうだね」

「うぅ、妃殿下の故郷のケーキ……」

げんなりとした顔で温室にやってきたジーラットと話して笑ったバードナーは、再びバラに視線を戻して、目を眇めた。

「ところで友よ、フェルドリック殿下にバラはどうだろう、棘つきの」

「それ、本気で言っているだろう、ヘンリック」

「やっぱりだめかな」

「さすがにな。棘で殿下が傷つきでもしてみろ。そこから真っ黒な瘴気《しょうき》が噴き出してくる」

「洒落にならない……」

(気にするのはそこなの……)

と思わない訳ではないが、もう突っ込む気にもならない。

「ところで友よ、東には邪気《じゃき》祓《ばら》いに菖蒲《しょうぶ》を用いる文化があるそうだ」

「よし、それでいこう」

二人は王太子であるフェルドリックを全身で警戒するくせに、畏まりはしない。そして、懲りない。

ソフィーナもひどく驚いたし、アンナなんて最初二人の会話に真っ青になっていたけれど、フェルドリック自身が気にしていない（といってもこれでもかというほど苛《いじ》めてはいる）ようなので、諦めたようだ。

「ここはひとつ、妃殿下が届けてください」

「よろしくお願いします」

「……気持ちはとてもよくわかるけれど、余計危険にならない？」

敬意は感じるが、彼らはソフィーナに対してもやはり気さくで、困惑しつつも一緒に笑ってしまう。

「確かに。だが、剣士たるもの、一矢報いたいのもまた事実」

「心の底から同意する。けど、そろそろ黙ったほうがよさそうだ」

ジーラットが肩をすくめた瞬間、今まさに話題にしていたフェルドリックその人が温室に入ってきた。


「ごきげんよう、殿下」

先ほどまでただただほのぼのとしていた温室の空気に、微妙な緊張が混じった。ソフィーナとアンナ、ジーラットとバードナー、それぞれ理由は違うのだが。

「その花、私の執務室にも適当に持ってきてくれるかな」

「え、あ、はい。で、では、お好みがありましたら、」

「アンナのセンスはソフィーナの部屋で確認済みだ。任せる」

にこりとアンナに笑いかけるフェルドリックの顔は、まさにお話の中の王子さまだ。金の髪はガラスに乱反射する温室の日差しを受けて、今は光そのものに見えた。金と緑の双瞳も、この世に二つとない宝石のように輝いている。

「暑い」

「……温室ですし、もう春も終わりますから」

側にやって来て挨拶もなしに文句を呟いた彼に、ソフィーナは呆れ顔を向けた。アンナへの愛想の半分もない。

「ですよね。それこそいつも殿下が仰る、『少し頭を使って考えればわかるだろう』的な話、な気、が……し、しませんとも……っ」

「いい加減、口を噤む賢明さを身につけたらどうだ……？」

いらないことを言うという点ではいい勝負のフェルドリックとジーラットがいつも通りにやり取りし、アンナが顔を引きつらせてその光景を見守る。基本要領のいいバードナーは知らん顔だ。

ジーラットを睨んでいたフェルドリックがソフィーナへと顔を向け、すぐに視線を手元に落とした。

「…………花は好きなのか」

「え、ええ……」

皮肉や嫌みが続くだろうと身構えたソフィーナを、フェルドリックは不思議なものを見るように、ただじっと見つめている。

（「花に見劣りするのに？」とか言うと思ったのに……）

怪訝に思ってちらりと横を見れば、ジーラットとバードナーも眉をひそめ、露骨に訝しんでいる。

(なんなの? 私、何かしたかしら……?)

昨夜はハイドランドの盤上ゲームであるメスケルをした。夜そうして遊ぶ時、前は応接室のソファでやっていたのに、フェルドリックが「面倒だ」と言い出したせいで、最近では寝室に持ち込んでいる。

昨日もいつも通り、あくびをしながら寝台に寝転がっていた。「オテレットで負けてばかりのソフィーナが気の毒だから」とわざわざ嫌みを言ってから、ソフィーナにメスケルについて話すよう促したことといい、「まあ、ルールさえ覚えれば、どの道僕が勝つけど」と憎まれ口を叩いていたことといい、その時点では彼におかしな様子はなかったように思う。

今朝起きた時も、朝食を共に取って部屋を出ていく時も、少し寝ぼけているようだったが、特におかしな点はなかった。

(となると午前中……? 出会ってもいないし、私、特に何もしていないはずだけど……)

じぃっと観察するように見られて、居心地の悪さのあまりソフィーナはつい身じろぎする。その瞬間、フェルドリックが何かを言いかけた。

「……」

が、眉をひそめ、すぐに口を閉じると、奥の遅咲きのチューリップが植えられている場所を見て微かに目を眇めた。ソフィーナの脇を通り過ぎ、その区画の前にしゃがむ。

「――こっち」

彼が手折って差し出してきた花は八重の花びらのもので、つけ根の白にかすかな新緑が浮かび、花弁の中央から先端に向かって淡いピンクのグラデーションを見せている。

（……私、に、くれる、ということ……？）

「あ、りがとう、ございます」

不愛想に差し出されたそれを、ソフィーナは半ば呆然《ぼうぜん》としながら受け取った。

（新種、かしら、綺麗な色……）

手の中にある、見たことのないチューリップを見つめているうちに、じわじわと喜びが湧き上がってきた。

「ふふ、かわいい」

知らず笑い声を漏らしながら、ソフィーナは微笑み、フェルドリックを見上げる。

その瞬間、彼はソフィーナが元々持っていた白い花を奪い取った。

「……この花じゃ、お似合いすぎて笑えない」

そして、無表情にそう呟いて去っていった。

（……そ、っか、地味な私に、ぱっとしない花の組み合わせは洒落にならないということだわ。なのに、喜んだりして……。何回こんな目に遭えば懲りるのかしら、私）

フェルドリックがいつも通りであったことにほっとしようとしてみるが、気分が沈んでいくのを止められない。

「……」

自分の迂闊さを呪いつつ、ソフィーナは手元の花をただただ見つめた。その形が水の幕の向こうでぼやけていく。

「本当にかわいらしいですね、妃殿下にお似合いです」

バードナーの声にうつろに返した気はする。

「……それ、殿下がドムスクスから取り寄せた新種ですよ」

だが、ジーラットがそう呟きながら、いつになくきつい視線でフェルドリックの後ろ姿を見ていることには気づけなかった。

そして――、

「なんで笑う、ただの花だぞ。いつもみたいに冷めた目でありがとうとでも言っておけばいいだろうが」

奪い取った花を手に、温室を出たフェルドリックがそう苛立ちを露わにしていることも。

＊＊＊

夜、いつものようにやってきたフェルドリックは、少し不機嫌そうに見えた。

（……不機嫌になる権利があるのは、むしろ私のほうだと思う）

苛立ちと困惑を覚えてソフィーナも機嫌を損ねたのに、彼は寝室に入った途端、これもまた訳がわからないまま普段通り……どころか微妙に機嫌がよくなった気がする。

（なんなの、一体……）

これこそが彼がソフィーナを気にかけていない証拠だと知っているのに、また振り回されている。母が眉をひそめている光景が思い浮かんで情けなくなり、ソフィーナはそっと息を吐き出した。


できるだけ無難にやり過ごそうと決めて、ソフィーナは昨日フェルドリックにルールを教えたメスケルの盤と駒を寝台の上に出す。

「これが風の妖精、そっちは土、こっちが火で、これが水だったかな……」

フェルドリックが駒の一つ一つを手に取って確認しているのを見て、少しだけ緊張を緩めた。

　相変わらずではあるけれど、当初と比べれば、どうしようもなく緊張することはなくなったし、フェルドリックのほうも棘や毒が和らいできたように思う。

　夫と妻という関係ではまったくなくても、険悪ではない雰囲気でいられるというのはとてもありがたかった。

「ハンデをつけますか？」

「いらない。僕が勝った時に言い訳にされたくない」

「自信家なのもそこまで行くと嫌みを通り越して、いっそ清々しいです。というか、負けませんから」

「勝つと言わないあたり、謙虚と言うべきか、身の程を知っていると言うべきか」

（いちいちムカつく）

　睨んだのに笑われて、もっとムカついて……もっと切なくなった。

　メスケルを始めながら、深く考える必要も落ち込むこともない話題を探し、ソフィーナは護衛の二人について話すことにした。フェルドリックが自分の本性をさらしている人間は多くない。その人たちについて彼がどんな反応をするのか、見てみたいという興味もあった。

「ハイドランドと比べると、なんというか、ものすごく気さくなのですが、カザックでは普通のことなのですか？」

「まあ、元々平民出身者ばかりだったせいか、騎士にはあんなのが多いかな。他者に敬意を払うことは重視するけど、形式としての作法はあまり気にしない」

創設者も元々は平民だったしね、と言って、何かを懐かしむかのように柔らかく笑った彼に心臓が跳ねた。体表の血管が拡張しようとするのを必死で抑える。

「退屈しないだろ？」

だが、寝台に寝転がって、片手で駒を弄びながらフェルドリックが向けてきた視線に、試みは失敗した。

くつくつと笑い出したフェルドリックを、ソフィーナは真っ赤になったまま睨みつけて、その隙に彼の駒——風の妖精を奪った。

「げ」

「いつまでも負けていると思ったら、大間違いです」

「……成長していると言いたい訳か」

「そもそもメスケルです、絶対に負けません。……じゃなくて、か、勝ちます」

「生意気」

そう顔をしかめた彼にさらに気をよくする。

「そういえば、この間カザレナの西区に行ったって？」

「はい。運河に浚渫がいるように思いました」

お互い盤だけを見つめたまま色気のない話をする。これもいつものことだ。

「ジーラットは昔そこに落ちたことがある、と。水が少なすぎたせいで衝撃が大きかった、と笑っていました」

「……笑い事じゃなかったんだけどね」

その時の彼を思い出して笑ったソフィーナに、フェルドリックはため息を吐き出した。

「じゃあ、それ、任せる」

「え？　運河の浚渫、を、私、ですか？　え、ええと、では、明日上流域の水資源の利用状況を……あっ」

「まだまだだよねえ、考え事なんかでやられるなんて。王族たる者、三つ、四つのことを同時に考えられなくては」

ソフィーナのドラゴンの駒を片手に、フェルドリックは艶やかに笑った。

「外見なんかどうでもいいけど、頭は違う、いくらでも改良できる――せいぜい頑張れば？」

「それを言うなら、性格こそ改良の余地があるのではないかと。せいぜいどころではなく善処をお願いしたいものです」

（なんか、に、どうでもいい、か……）

「試しに改良すべき点を教えてくれるかな」

「婉曲に申し上げれば……腹黒いところ？　胡散臭いところ？　傲慢で我がままなところ？　毒を口に出してまったく反省なさらないところ？」

「……全部あたっているとは思うけど、最近君、騎士たちに感化されすぎだ」

「口の悪さという意味なら、騎士たちよりもっと思い当たる方がいらっしゃるのですが」

「それもあたっているけど、実にかわいくないない」

胸の痛みを隠そうと叩いた憎まれ口に、フェルドリックは器用に顔の半分だけをしかめた。

（――大丈夫、ばれていない）

かわいくないという言葉を聞き流すふりにももう慣れた。胸を撫でおろしながら、ソフィーナは笑ってみせる。

ソフィーナは確かにこの国に来て変わった。それでも変わらない部分もある。フェルドリックの言動に振り回され、勝手に希望を持っては失望し、そのたびに痛みを感じるところだ。もっともそんな無様さを隠す演技だけは、完璧になりつつある。痛みの感覚にもいい加減慣れてきた。

普通の夫婦を、男女の関係を望んで、それゆえに相手を憎むようになってもいいことは何もない——こうして話ができる、時には笑うこともできる。より多くの人々が幸せを感じられるように一緒に仕事をすることもできる。それで十分だ。

今、彼が任せると言ってくれた仕事は、国内の調整が必要な、つまりは権力に関わる仕事だ。少しは信頼されるようにもなってきたということだろう。

フェルドリックとの関係はこれでいい——ソフィーナはそう自分に言い聞かせる。

（そうしているうちにこの恋を流し去って、いつか……いつか？）

「生憎とその辺こそを気に入っている。この立場でいる以上は至極便利でね」

「そ、んなふうに、感じる頭も、いつか改良できるようになる、とよいのですけれど」

（いつか？　いつか他の誰かに恋をする？　それで……？　私、の場合は、彼を忘れて他の誰かに恋をすることができたとしても、それが成就することはない。この人の側にずっといなくてはいけない……）

——どの道、私にはいつか見たあの新婦のような幸せは得られない。

唐突にそう悟って、愕然とした。

「ソフィーナ？」

「っ、なんでしょう」

フェルドリックが怪訝そうに眉根を寄せたことに気づいて、ソフィーナは慌てて顔を作り直した。

「そういえば、あの二人、護衛としての力量はどうなのですか？」

「……何かあった？」

注意を逸らすためだけの質問だったのに、フェルドリックの空気が一瞬で尖った。思わず息をのむ。

「そ、ういう訳ではないのですが、とても若いですし、それになんと申し上げたらいいのか……その、ほのぼのしている、とでも申しますか……」

「ああ、そういうこと。ほのぼのと言えば聞こえはいいけれど、馬鹿なんだよ」

そうやって二人を貶すことも忘れない。だからあの二人にあんなふうに警戒されるのだ、とソフィーナは口をへの字に曲げた。

「それでも腕は確かだ。騎士団のどの幹部に聞いても折紙つきだよ」

「そう、なのですか」

「だから……大丈夫、安心していい」

意外な気がして目を丸くしたソフィーナに、フェルドリックは言い聞かせるように呟き、かすかに微笑んだ。

「……」

優しく見えるその顔に、ソフィーナは息を止める。

（なんで、なんでそんな顔をするの、どこまで残酷なの――）

「まあ、君みたいなのに興味を持つ人間なんてそういないだろうから、元々安全だろうけど」

（――そうやってすぐに突き放すくせに）

すっと目を逸らしたフェルドリックに、堪えきれなくなった唇が一瞬戦慄いた。

「そろそろ寝るか」

フェルドリックはゲームも何もかも放ったまま、寝台にその身を横たえ、毛布に包《くる》まった。

それを白い目で見ているふりをしながら、ソフィーナは震える手を叱咤《しった》してゲームの駒を拾い、箱に戻した。明かりを落とす。

フェルドリックが早々に目を閉じたこと、そしてその後広がった暗がりに心底感謝した。顔の赤みと心の震え、それに気づかれれば、今度こそ死んでしまいたくなる。ハイドでの夜のように内心を暴かれて蔑まれたら、もう耐えられない。

（護衛にあの二人をつけてくれたのは、私を気遣ってくれたから？）

彼らが自分を笑わせてくれたり、喜ばせてくれたり、ほっとさせてくれたりするたびにそう思ってしまう。

（私が安心して、カザックに馴染むことができるように？）

彼らがいて周囲との距離が縮まったと気づくたびに、そうして祖国への郷愁が薄れていくのを感じるたびに、わざわざ騎士団から彼らを呼んでくれた意味を考えてしまう。

そして、あの二人と自分の前でこの人が素顔をさらして毒を吐き、それでも他には見せない顔で笑うたびに、希望を抱いてしまうのだ。

あんなにはっきりと希望を打ち砕かれて惨めになったのに。この人はそういうことを平気でする人なのに――。


暗がりの中、傍らに横たわるフェルドリックの呼吸音が小さく、繰り返し響いてくる。

「……」

それを聞きたくなくて、ソフィーナは寝台の上で膝を丸め、両耳を手で覆った。

叶わない未来を望んで、勝手に希望を見出そうとする自分をどうにかしたい。でも、どうすればいいか、まったくわからない。

＊　＊　＊

「ふふ、見つけました」

ジーラットは人探しがうまい。カザック人はもとより、結婚生活がうまく行っていると信じているアンナにも愚痴を吐けず、時々ソフィーナは耐えられなくなる。それでふらっと一人になっても、彼にすぐ見つかってしまう。

「ごめんなさい、何も言わずにいなくなって」

「構いませんよ、色々めんど……難しいお立場ということは、存じていますから。息ぐらい抜かなきゃ」

「……今、面倒って言おうとしたでしょう？」

「う」

顔を引きつらせた彼に思わず笑えば、森の緑の目が優しく緩まる。それから、手にしていた焼き菓子や飴《あめ》を差し出してくれるのだ。子供扱いだと思う一方で、毎回まんまと癒やされた。

それからジーラットは「じゃあまた」と言って消えてしまうのだが、ソフィーナが誰かに見つかると、再びどこからともなく現れる。それで、一人になりたいというソフィーナの気持ちをできるだけ尊重しようとしてくれているとわかった。

「えーと、いい、のですか？　無理してませんか？」

「ええ、ジーラットといるのは疲れないわ」

しばらくしてからは、見つけてくれたジーラットと一緒に過ごすことも珍しくなくなった。

一瞬目をみはってから、照れたように笑ってくれる顔にほっとする。自然体でいてくれるから、話すのに気負いも警戒も必要もない。

「頑張っていらっしゃるの、わかっています。私だけではないですよ」

何も考えてなさそうなのに、丁寧に言葉を選び、温かい言葉をくれる。頭を撫でてくれる。

「そのペンの胴軸、ハイドランドのトーシャの角ですね。人気があったけど、市場から消えたと聞いていました」

「贈り物なの。乱獲されて絶滅しかかっていたのだけれど、狩猟を規制して、保護して、最近家畜化にも成功したのよ。地元の人たちが最初の収獲を分けてくれて」

「じゃあ、本当に特別なペンですね。トーシャも地元もソフィーナさまに救われた訳だ」

バードナーは人の心の動きに聡《さと》くて、うらやましくなるくらい会話上手だ。商家の出身らしく世情に詳しい上、姉が三人いるからか、女心にも通じている。嬉しい時にはそれを口にして一緒に喜んでくれて、不安な時はそれに寄り添ってなだめてくれる。褒めてほしいことに気づいて話題にし、触れてほしくない話題からはそっと遠ざかる。

アンナすら気づかないのに、落ち込んでいるソフィーナに気づき、元気になれるようさりげなく手を貸してくれることも珍しくない。


護衛つきの茶会に、バードナーを伴って行くことになった時のことだ。

どこに出ても恥ずかしくないレベルの作法を身につけていながら、そういえばジーラットは絶対に茶会や夜会に近づかないと気づいた。

「ジーラットはああいう集まりが苦手？　バードナーは？」

「あー、訳のわからない会話も、美味《おい》しいご飯を美味しく食べられないのも、汚したり破ったりしたら怒られる服も全部苦手です……。あ、踊るのだけは好き」

「俺は結構好きです。ドレスとかの流行《はや》り廃《すた》りがわかるのが面白いし、色んな方と話すのも楽しいです。逆に俺は踊りが苦手で」

意地や見栄を張らず、好きなものを好き、嫌いなものを嫌いと言ってくれるところも安心できた。

「あ、めちゃくちゃかわいい」

「新しいドレスですか。わあ、本当に素敵ですね」

微笑みながら、二人はそんな言葉を当たり前のように口にする。

母は見た目よりも、内面の美しさを重視した。ソフィーナもその通りだと思うものの、そう言ってもらえるとやはり嬉しいと気づいた。彼らの場合は率直な感想だとわかってからはなおさら。

そうして彼らの言葉を素直に受け取れるようになったら、自分こそが外見にとらわれているのかも、と感じるようになった。

「そんなふうに笑わなくていいですよ……」

「その顔もかわいいですけどね、無理はだめです」

それでも二人は、ソフィーナの作り笑顔にはだまされてくれない。

母に言われてずっと訓練してきたのに、と当初は焦ったけれど、二人以外は相変わらず誰も気づかなくて、ああ、これはこの二人だからこそだ、それほどに二人は自分に関心を払ってくれているのだ、と悟って胸を撫でおろした。同時に、フェルドリックがまったく気づかない理由もわかって、苦く笑った。

彼らのような人たちに恋をできていれば、きっと小さな喜びを見つけて生きていけた、もう少し息がしやすかった——そう何度も思った。

カザック王宮では月に一回程度催し物が開かれる。初夏の今日は水月の宴《うたげ》と呼ばれる会で、北宮にある池のほとりで開かれる予定だった。

カザレナの暑さに既に夏バテ気味のソフィーナは、自室でのドレスの調整にため息をつく。

「アンナ、そこまでこだわらなくていいわ」

「いいえ、せっかくフェルドリック殿下がソフィーナさまのためにお贈りくださったのですから」

ドレスから目と針を離さないままアンナは首を振り、真剣な表情で細部を調整してくれる。そうしたところで、と考えそうになって、ソフィーナは小さくかぶりを振った。なされるに任せて、鏡の中の自分を見つめる。

艶のある露草色のドレスは、祖国ではソフィーナのためにはあり得ない質のもので、凹凸の少ない体の線を美しく見せる丁寧な縫製がなされている。その上から部分的に、ごく細い絹糸で織られた半透明の布が重ねられていて、動きに合わせて周囲の光を反射する。

胸元を彩るのは、同じくフェルドリックから贈られた真珠とダイヤ、アクアマリンのネックレス。背が高くないソフィーナに合わせてあるのか短めだが、ひどく凝った作りで、箱を開けた瞬間アンナを含めた侍女たちが歓声を上げていた。

ゆるく癖のある茶色の髪は、瀟洒《しょうしゃ》な金と銀の鎖と共に複雑に編み上げられている。

「……」

ふと皮肉な気持ちがこみ上げてきて、鏡の中の子供っぽい顔つきがその瞬間だけ大人がするように歪んだ。


「やあ、ソフィーナ」

準備が終わって応接室に移動すれば、同じタイミングでフェルドリックが訪れた。日の光のような金の髪と、金と緑の混ざった瞳は、ソフィーナが身につけている宝飾品よりよほど目立つ。白と青と金の夜会服はごくシンプルで、彼の完璧さを強調するかのようだった。

「いい意味で期待を裏切られたよ、ソフィーナ。本当に美しい。懸命に選んだというのに、ドレスもアクセサリーも君に見劣りしてしまう」

微笑みながら作法の手本のような賛辞を口にした彼は、勝手にソフィーナの手を取って甲に唇を落とした。それを見たアンナがはにかみを残して退出していく。

(まただまされているわ……って、私も同罪だった)

気まずさと共に彼女を見送ると、ソフィーナは差し出されたフェルドリックの腕に自らの腕を絡め、自室を後にした。

北宮の入り口で護衛のバードナーたちと別れ、会場へと続く王族専用の通路を静かに進む。

「もう少し嬉しそうにできない訳？」

周りから人が消えて現れた素のフェルドリックに、ソフィーナはようやく息を吐き出した。

「根が正直なものですから。ただ、ドレスと宝飾品についてはお礼申し上げます」

「今の君は僕の妻だ。結婚祝賀会のような姿でいられれば、僕が恥をかく」

「ええ、それだけのことと存じております。あとは、カザックの財力に圧倒されております、とでもつけ加えれば、満点ですか？」

悲しくなるのを抑えつけてにこりと笑ってみせれば、彼から表情が消えた。

「それほど察しがいいのに、なぜ君がオテレットで僕にいつまでも勝てないのか、考えてみたことある？」

声にも抑揚がない気がして、思わず瞬きを繰り返せば、目の前にあるのはいつもの馬鹿にしたような顔――いちいち腹立たしい。

思わず口をへの字に曲げたソフィーナに、フェルドリックは少しだけ笑った。

「素直に内心を顔に出すのは一般には美徳だが、王太子妃としては失格だ」

「……会場に入ったらちゃんとします」

徹底して表情をコントロールするよう訓練されたのに、横に立つ彼に緊張して殊更にぶっきらぼうになった。

フェルドリックの存在感は七年前に出会った時からさらに増していて、ソフィーナはそれゆえ横にいる自分が余計嫌いになる。

自分の容姿を嘆いている訳じゃない。

「ほら、ちゃんとつかまって」

それでも横にいられることを、こうして手を差し出してくれることを、嬉しがってしまう自分に事ある毎《ごと》に気づくからだ。


国王・王后両陛下にご挨拶し、フェルドリックとダンスを終えたところで人に囲まれていたソフィーナは、正面にいる人々が左右にそっと退いていくことに気づいた。

（やっぱり。アレクサンダーだわ）

そうしてできた道をまっすぐやって来る彼に、フェルドリックが心配そうに声をかけた。

「やあ、アレックス、フィリシアは今日も欠席？」

やはり彼女が気になるらしい。一瞬嫉妬を覚えた自分にまた嫌気が募る。

「どこかお加減でも？　一度ゆっくりお話ししてみたいと思っています」

取り繕うために発した言葉の裏で、ソフィーナは自分自身に言い訳する。

（彼女を知りたいのは必要だから。フェルドリックの後ろ盾でもあるフォルデリーク家の次代夫人の性格を、妃の立場として把握しておくため。それだけ）

「いえ、仕事の都合です。光栄なお言葉、大変ありがたく存じます」

フェルドリックの言葉は無視する気満々なようだったのに、彼はソフィーナには視線を合わせた。そして、「妻もソフィーナ妃殿下との語らいを楽しみにしております」と、こちらを安心させるように微笑みかけてくれた。その瞬間、彼の近寄りがたい雰囲気が一変して、ソフィーナは顔を綻ばせる。

「妃殿下、こちらは私の兄で、今はニステイス伯爵家におりますスペリオス、そして従妹でその妻のアレクサンドラです。これまで領地におりまして、昨日カザレナに戻ってまいりました」

「ご結婚おめでとうございます、フェルドリック殿下、ソフィーナ妃殿下。ご挨拶とお祝いが遅れましたことをお詫《わ》び申し上げます」

それから彼は背後にいた、彼によく似た風貌の男女を紹介してくれた。

「意に染まぬ相手にお困りの際はこの二人を遠慮なくお使いください。誰よりうまく追い払います」

「主に妻が。その後しばらく顔を合わせるだけで逃げていく程度に」

「言い方！　妃殿下が誤解なさったらどうしてくれるの」

「事実だろう。僕が口を開いた時には皆踵を返している」

むくれ顔で夫を睨み、その妻に楽しそうに笑う——アレクサンダーの兄夫妻の様子に、ソフィーナはまた息が苦しくなる。言いたいことを言っていて、でもちゃんと温かい。想い合っているとわかる空気がうらやましい。

こんな夫婦であれば——自分には手の届かない関係への羨望がまた湧き上がる。

「ちなみに、兄のほうは殿下の昔からの天敵です」

「必要なら彼も追い払って差し上げますよ、妃殿下」

「……相変わらずの神経だな、アレックス、スペリオス」

「素敵なことを聞かせてくれてありがとう」

「君も乗るな」

アレクサンダー兄弟のフェルドリックへのからかいに乗じることで、なんとか笑うことができた。

「妃殿下の護衛騎士はいかがですか？」

「彼らをご存じなのですか？」

「ええ、私も昔助けられたのです。ふふ、楽しいでしょう？」

「私も彼らと面識がありますよ。あの二人は殿下のお気に入りですから」

伯爵夫人が平民の彼らを知る理由には合点がいったけれど、アレクサンダーの兄が人悪げに笑っている理由に心当たりはない。

アレクサンダーが「それはそうだな、リック」と呼びかけるのと同時にフェルドリックを見れば、彼と一瞬目が合った。

「別に。あまりに馬鹿だから、少し教育の必要があると思っているのは確かだけど。使える人材は多いほうがいいからね」

顔を逸らし、うんざりと呟いたフェルドリックに、三人は三様の笑いを零した。

（お気に入り？　って、どういうことかしら……）

「……っ」

ソフィーナは慌てて思考を停止させる。常に考え続けなさいとの母の教えに背くのを承知で、これ以上動揺したくなかった。

そのままアレクサンダーらと話し込み始めたフェルドリックの横顔を、ソフィーナはそっと掠《かす》め見る。

（ハイドランド王国を利用するために、そして、あわよくばハイドランド王太子のお兄さまの力を削ぐために、都合がいい私との結婚を望んだ人……）

隠すように顔を伏せて、ソフィーナは小さく眉根を寄せる。

認めたくない。けれど、認めなければ、さらに惨めになる事実――ソフィーナの初恋はいまだ続いている。

ソフィーナが現実に恋をしているその人は、『こんな人に恋ができれば』と願う人たちとは似ても似つかないし、この先もソフィーナを見ない。

「……」

ソフィーナは乾いた笑いを漏らすと、笑顔の仮面をつけ直して、再び顔を上げた。


会場内の照明は、宴の趣向か普段より落とされていた。窓向こうの庭園にはたくさんのガラス灯籠が設置され、その青い光に池の水面と盛りを迎えた睡蓮《すいれん》が幻想的に照らされている。

「……」

窓越しに浮かび上がる睡蓮の花を背景にフェルドリックが某侯爵夫人と踊るのを、ソフィーナは見るともなしに眺める。周辺では、夢でも見ているかのような顔つきの女性たちが自分の番を待っていた。

（今日も大人気……本当に何がいいのかしら。胡散臭さの塊なのに）

そういう自分だって気づかなかったくせに、とため息をつくと、ソフィーナは手にしていたグラスに口をつけた。

先ほどまでニステイス伯爵夫妻が一緒にいてくれたが、彼らが中座して以降ソフィーナの周りには誰も近寄ってこない。アレクサンダーも仕事があると言ってまたも帰ってしまったし、会の雰囲気のせいか数少ない顔見知りもいないようだった。

（結局どこに行っても壁の花……）

そう内心でぼやいた後、

「今日のお召し物もハイドランドのものかしら？　慎《つつ》ましやかな感じがハイドランドご出身のソフィーナさまによくお似合いで」

権高に響く声に、ただの壁の花でいさせてもらえるのはむしろ贅沢《ぜいたく》なことなのだと思い知った。

嘲笑を露わに近づいてくるのは、フェルドリックの上の異母妹、今は降嫁したミレイヌ侯爵夫人と、ホーセルン公爵家の姉妹だ。

（ミレイヌ侯爵家は旧王権派。夫人の母は失脚済みの第二王妃で同じく。ホーセルン公爵家は中立）

頭の中でカザックの貴族事情を引っ張り出す。

「あら、セルナディアさまはハイドランドのブランド事情にお詳しいのですか？　わたくしはまったく聞いたことがなくて」

「まさか。アルマナックのものはチェックしていますが、ハイドランドはねえ……ただ、かの国の王女殿下がオーダーなさるような工房であれば、一度くらい、と思って」

自分のみならず愛する祖国を貶められて、ソフィーナは微妙に視線を尖らせた。

「クリセリアのものではないかしら。そちらの生地はおそらく西大陸のホートラッド産です。このきめ細やかで薄い絹を光沢を損なわず縫製できるのは、かの工房ぐらいかと。装飾が控えめなのもその美しさを損なわないためですわ」

ソフィーナが答える前に横から声をかけてくれたのはまだ年若い、ロンデール公爵夫人だ。横にはちょっと年上の公爵がいる。

「フェルドリック殿下からの贈り物ですか？　洗練されていて、本日の宴にも妃殿下の雰囲気にもぴったり」

「ネックレスなどの宝飾品もすべてそうでしょう。殿下のご趣味が出ています」

「え、ええ、まあ……」

（フェルドリックの趣味？　そうか、この人、爵位を継ぐまで長くフェルドリックの護衛をしていたと……）

ロンデール家も旧王権派、しかも筆頭のはずだが、ソフィーナが何度か話したことのある彼女は、三大公爵家の当主夫人とはにわかに信じがたいほど善良な人だった。

今も侯爵夫人たちに目もくれず、微笑ましそうにドレスとソフィーナを見比べている。

その後を受けた公爵も柔らかい目をソフィーナに向けてきた。

「……まあ、そうでしたの。道理で素敵なドレスだと」

「ありがとう。殿下にお伝えしておきます」

ハイドランドからソフィーナが持ち込んだドレスだと思っていた時は似合っていると言ってくれたのに、フェルドリックが用意したカザック産のドレスだと知ったらドレスを褒める。

（ある意味とても正直な人だわ……）

ソフィーナは苦笑を押し隠すと、夫人らに泰然と笑ってみせた。

「さすが雪の妖精と謳《うた》われるだけのことはありますわね」

「残念ながら、人違いをなさっています」

ホーセルン家の三女の声に目を横に向ければ、彼女の顔には悪意が浮かんでいた。雪の妖精と呼ばれているのは、ソフィーナの姉のオーレリアだ。彼女はそうと知っていて当て擦っている訳だ。

「まあああ、どうしましょう、大変な失礼をいたしました。フェルドリックさまのお妃となられた方ですもの。ハイドランドご出身と聞いて、てっきり美姫と名高いかの方とばかり」

声高に謝罪してきた彼女の悪意にソフィーナ同様気づいたのだろう、優しいロンデール公爵夫人の顔が曇った。

「そう思ってしまうのは無理のないことだけれど、ガーメラ、あなた、噂に惑わされすぎよ」

「本当に。だって実際のソフィーナさまを拝見すれば、わかるじゃない」

「――雪の妖精以上に美しく、可憐だとね」

冷たい声でミレイヌ侯爵夫人らの嘲笑を遮ったのは、驚くべきことにフェルドリックだった。

「お、兄さま……」

「まあ、フェルドリック殿下、ご機嫌よ――」

「もっともソフィーナのすばらしさは、内面にこそあるのだけれど」

（……え）

夫人たちを無視したフェルドリックに肩を引き寄せられ、頬に口づけを受けて固まった。周囲から悲鳴のようなものが聞こえたが、ソフィーナ自身顔を引きつらせないだけで精一杯だ。

（よ、くもしれっと……というか、なんの気の迷いなの）

早鐘を打ち始めた心臓を隠したくて、剣呑な目つきでフェルドリックを振り仰いだソフィーナは、異母妹に笑いかける彼の目がまったく笑っていないことに気づいて息を止めた。

（そうか、フェルドリックのお姉さまが亡くなったのは、つまりこのミレイヌ侯爵夫人とその母君一派のせい……）

『大国ではそういうことが当たり前に起こる。ソフィーナ、くれぐれも注意しなさい』

嫁ぐ前に兄がくれた警告を思い出す。

「お兄さまったら嫌だわ。かわいい妹の前で奥方とはいえ、そん……他の女性をお褒めになるなんて」

「仲がよろしくて、うらやましい限り、ですわ……」

「本当、妬《や》けてしまいます……」

（………お兄さま、権力争いとこの目に囲まれるの、どちらが怖いと思います？）

すさまじい顔で睨まれて再び硬直すると、ソフィーナは現実逃避がてら内心でぼやいた。壁の花最高と思い直すことにする。

「もちろんあなた方も本当に美しい。今日のドレス姿なんて、水面に浮かぶ月が恥じらって逃げ出すのではないかというほどだ」

そのソフィーナを一瞥《いちべつ》した後、フェルドリックはいつも通りの柔らかい微笑を顔に浮かべ、夫人たちへと一歩距離を詰めた。

「フェルドリック殿下、ご無沙汰しております。お話の機会をいただけて本当に光栄ですわ」

「先日の王立美術館の特別展覧会、本当に感激いたしました。フェルドリック殿下の差配とか。美しい方は美しいものをご存じなのだと皆で話しております」

そうして生じた隙間にすぐに人が入ってきて、ソフィーナははじき出されてしまった。


（助かったけど……………私、一応王太子妃）

と言ってみたくなる扱いに、怒りも悲しみも呆れも通り越してつい笑いを零せば、同じ憂き目に遭っているロンデール公爵夫人が「私、この調子でいつも殿下にご挨拶し損ねるんです」と独り言のように呟いた。

のほほんとした響きが好ましくて、「あそこに入っていく勇気は私にも中々」とますます笑えば、目元を緩めている公爵と目が合った。

「ソフィーナ妃殿下、私は以前、小さな妃殿下にオーセリンでお目にかかったことがあるのですが、覚えてくださっていますか？」

「……あ」

（あの時だ、初めてフェルドリックに会った時、彼の背後にいた人――）

「覚えています、殿下の護衛をなさっていたわ。あの時は髪が長くていらしたけれど、お切りになったのですね」

懐かしくなって微笑めば、「あんなにかわいらしかった姫君がこんなに美しくなられてカザックにお越しになるとは、感無量です」と彼も微笑み返してくれた。

その後誘われるまま、ソフィーナは公爵とダンスを踊った。

三大公爵家の一つで旧王家とも深い繋がりのあったロンデール家は、現王家及びその後ろ盾のフォルデリーク家と長くいがみ合ってきたと聞いている。だが、現公爵個人がフェルドリックと近しいため、最近では表立った争いは減っているらしい。

（おそらくとても優秀な人……）

この若さで古い一族を切り回しできる才覚はもちろん、軋轢《あつれき》のある相手とうまくやる度量、それに反発する身内を抑え、一族の長で居続けられるバランス感覚――話をしていて、その辺はソフィーナにもすぐにわかった。

意外だったのはその善良さだ。貴族が自身や家を守るための迂遠《うえん》な物言いはするけれど、彼の奥方がそうであるように、彼自身にはあまり険がないように思う。

「以前ハイドランドに伺ったことがありますが、澄んだ空気と青空、その下に広がる山々の美しさに圧倒されました。カザックはあちらとは景色も気候も大きく違うかと。ここでの暮らしはいかがですか？」

「毎日新鮮な思いで過ごしております。だいぶ慣れてきましたが、夏の暑さにはまだ……真夏はどんな感じかと少しだけ怯えております」

（計算でそんなふうに見せかけているのであれば、大したものね。これだけ注意しているのに、まったくわからない）

ソフィーナはそう警戒しつつも、少しだけ肩の力を抜く。さっきも助けてくれたし、少なくとも今のロンデール公爵にソフィーナへの害意はない。

（……せっかくだし、私も楽しもう）

少し向こうでフェルドリックがまた楽しそうに女性と踊り始めたのを見てしまって、ソフィーナはロンデール公爵との踊りに集中することにした。

夜会も社交も好きではないけれどダンスは好きで、こればかりは母にも兄にも教師にも手放しで褒めてもらえた。

「……お得意ですか？」

「得意かどうかは。でも性に合っているようで」

複雑なステップを踏んだソフィーナに、ロンデール公爵は少し驚きながらもついてきてくれた。

「公爵こそお上手です」

「では、少し難易度を上げましょう」

「お手柔らかに」

茶目っ気を見せて笑い、彼は楽しそうにソフィーナをリードする。つられて笑って、ソフィーナは踊りに没頭していった。

「殿下のことですが」

だがそんな楽しい時間は、曲の終盤に向かってメロディが緩やかになった時点で終わりを告げた。現実に戻って顔をこわばらせたソフィーナに、公爵は苦笑を見せる。

「少し気難しいところがおありなことを、妃殿下は既にご存じかと。ですが……根はとても優しい方です。私も何度も救っていただきました」

「……存じております」

彼の顔を見ていられなくなって、ソフィーナは足元に視線を落とす。

(知っている、優しい人だからあれほど民を大事にするって。都合がいい相手の私にだって、最低限の気をかけてくれていることも……さっきのだって多分そう)

公爵に困ったような顔をされたが、続きの言葉を見つけられない。

ちゃんとわかっているのだ。陰で毒ばかり吐いてくるけれど、彼は人前でソフィーナを貶めたことは一度もない。それどころか褒めるばかりだ。大事な場面で放置されたことも蔑ろにされたこともない。さっきのように本当にまずい相手の時は助けてもくれる。

(結局のところ私が望みすぎなだけ……)

「ソフィーナさまは今、騎士団の方に護衛されていますね？」

(来た——)

「ええ」

探るような言葉にソフィーナは笑顔を取り戻す。それを見て、ロンデール公爵はなぜか寂しそうな顔をした。

「あなたにつけられた騎士は、自らの信念に沿って動く人です。そして、殿下はそれをご承知であなたにおつけになった——私はそう確信しています」

「？　あなたもあの二人をご存じなのですか？」


「アンドリュー・バロック・ロンデール」

疑問への答えが返ってくる前に曲が終わり、二人が足を止めると同時にフェルドリックが声をかけてきた。明らかに機嫌が悪い。

(さっきまで機嫌よさそうだったのに。何があったのかしら……)

踊りに夢中になって彼の様子を見ていなかった時に限って何か起きたらしい。自分のタイミングの悪さにソフィーナは蒼褪める。

「ご機嫌いかがですか、殿下」

「悪くない」

「と仰る時は、大抵逆ですね」

そんなソフィーナと対照的に、公爵はくすりと笑った。弟に対するようなその顔には、フェルドリックへの親しみが見える。

「では、原因をお返ししましょう――妃殿下、楽しい時間をありがとうございました」

「あ……私こそ得難い時間でした。ありがとう、ロンデール公爵」

「アンドリューとお呼びください。ではまた」

彼は元近衛騎士とはっきり納得できる所作でソフィーナの前に膝を落とし、手に口づけを残して、去っていった。


「殿下……？」

彼の後ろ姿を無言で見ているフェルドリックに、ソフィーナはおずおずと声をかけた。

「ひょっとして、お疲れですか？」

「体調は？」

「え、いいえ、私のことではなく、」

「暑さにやられて、疲れていたんじゃゃ？」

「だ、いじょうぶ、ですが……」

気づかれていたことに動揺するソフィーナに、フェルドリックは「そう」とだけ呟き、ようやく顔を向けた。

「ダンス、好きなの？」

「え？　ええ、踊ること自体は、ですけど……」

「……」

無表情に手を差し出され、ソフィーナは思わずそれを凝視した。

（こうしてみると、思ったより大きいのね。指、長い。あ、爪、綺麗……）

「手」

「え、でも、殿下こそお疲れのご様子ですし、戻られてはいかがかと」

「……」

露骨に眉根を寄せ、フェルドリックはまた勝手にソフィーナの手を取った。広間の中央へと引っ張っていき、ソフィーナの腰に手を添え、向き合う。

そして、音楽に合わせて踊り始めたのだが、曲の間中彼は一言も話さないままだった。

第三章

あの夜会の晩、様子のおかしなフェルドリックがソフィーナと踊ったからといって、何が起こる訳もなく——強いていうなら、「好きなだけで、別にうまい訳ではないんだな」とフェルドリック本人から言われ、「あんなに楽しくなさそうに踊るフェルドリックさまは初めて見た」と評判になって、ますますソフィーナの立つ瀬がなくなったということぐらいだろう。かばってくれたのかと微妙に覚えた感動を返してほしい。

逆に面白くなってくるぐらい、本当に何も変わらなかった。

何が楽しいのか、フェルドリックが毎晩オテレットやメスケルをしに来るのも変わらないし、ソフィーナがほとんど勝てないのも変わらない。

彼が気分次第でソフィーナに皮肉や嫌みを投げるのも、気まぐれに笑いかけるのも、なんの気なしに勝手に手を取るのも同じ。

行く必要があるとフェルドリックが判断した夜会や茶会にだけ王太子の妻として出、人がいる時だけ紳士然とした態度で淑女に対する礼をとられ、二人きりになるとその演技がさっぱり消えることにも変化はない。

そのたびにソフィーナが浮き沈みするのも同じだった。そこだけはいい加減変わりたいと思っているのに、変われない。

一度などはフェルドリックと王立図書館で出会い、情けないぐらい振り回された。

ハイドランドでは考えられないことだったが、この国ではソフィーナも簡単に街に降りることができた。治安のよさのみならず、人々の暮らし向きを知っておくよう国王陛下が勧めてくださっていることも大きい。

そんな街歩きにつき従う護衛のバードナーやジーラットは、基本ソフィーナの希望を叶えてくれるが、だめな時ははっきりと言う。混雑した市場など不特定多数の人が出入りする場所や、袋小路《ふくろこうじ》になる場所、死角の多い場所などを避けているようで、市民に開放されている王立図書館もその一つだった。

大陸一の蔵書を誇るそこに行ってみたいとかねてから思っていたから、仕方がないことだとわかっているのに、ついがっかりしてしまったらしい。

「今は時期が悪いので、また落ち着いた時に」

人の感情に聡いバードナーがそう口にして、微妙に引っかかりを覚えながら頷いたその一週間後、一転ソフィーナは憧れのその場所に行けることになった。なんでも休館日に特別に入れてもらえることになったらしい。

「館長にお話ししてご快諾いただいたそうですよ」

（フォースンが話してくれた？　王立図書館の館長は国王陛下の叔父さま……そんな方に？）

疑問に思いながら、「お休みの日に申し訳ないわ」と口にしたソフィーナに、ジーラットは肩をすくめた。

「『と言うだろうから、果たしている義務の当然の対価として受け取れ、と伝えるように』と」

（フェルドリックだ）

そう確信して、ソフィーナは口の両端を下げた。

昨晩も彼は部屋にやってきて、寝台に転がってメスケルで遊んだのだ。いつものようにそのまま寝てしまって、朝まで泊まってもいった。

（その時話せばいいのに、相変わらず訳がわからない……って、どうでもいいから忘れていただけか）

そう思う一方で、気にかけてくれているからこその配慮かも、と思ってしまって、また心がざわつく。

『ソフィーナは気を配るのが上手ね。私はだめ。気にかけてもらうばかり』

（違う、か……私は気を使うほうで、人に気にしてもらえる人間じゃない）

いつかの姉の言葉が脳内に響いて、湧き上がってきた『もしかしたら』という思いに冷や水をかけてくれた。

(大体フェルドリック自身、私みたいなのに興味を持つ人間なんてそういないと言っていたし……)

あの時の惨めな気分を思い出してしまって、ソフィーナは慌てて首を振った。

「ええと……」

「ソフィーナさま……?」

(しまった——)

ぼさぼさになった髪の向こうで、ジーラットとバードナーが目を丸くしていることに気づいて、慌てて「ありがたくお受けするわ」と王女然とした顔で微笑む。

が、アンナに「その頭でそんなふうにお笑いになっても……」とため息をつかれて、結局二人に大笑いされてしまった。

三人とも率直でいてくれるのは嬉しいけれど、微妙に切ない。

(それもこれもすべてフェルドリックのせい……)

と内心八つ当たりしながら、ソフィーナは翌日、念願の王立図書館に向かった。

王都の西寄りに位置するその場所は、三本の尖塔を頂く古い建物を中心に複数の書庫から成っていて、城からもよく見える。内戦時には多くの人々が壁となって、蔵書を守り切ったという歴史もあるそうだ。

「ようこそおいでくださいました。仰々しくないように、と仰せつかっておりますので、私他数名しかおりませんが、御用の際はお申しつけください」

わざわざ出迎えてくれた館長に礼を言い、ソフィーナは胸をドキドキさせながら館内を見回した。

「……素敵」

静かなその空間は古い本の放つ匂いに満ちている。踏み台がなくては届かないような背の高い書架がずらりと並び、遙か上の高窓から柔らかい光が注いでいた。壁もすべて本で埋められている。

「まあ」

手近な本棚に目を留めて、ソフィーナは顔を綻ばせた。児童書を集めたその場所には古今東西、様々な物語の本が並んでいた。古いものには丁寧な補修の跡がある。これがすべて市民に無償で開放されているなんて信じられない。

(なんて贅沢な国なのかしら……)

ハイドランドの庶民にとって、書物は高価なものだ。中々手にすることができないと聞いて、母は特に地方の図書館の拡充に力を入れていた。

父が「民の生活になぜ物語や詩がいるのだ」と難色を示す中、ソフィーナが亡くなった母の想いを継いだのだが、貴族のみならず民にも父と同様に考える者が多くて無力感を覚えていた。それがこの国では――。

「げ」

感慨に耽《ふけ》っていたソフィーナは、ジーラットの呻き声に彼を振り返って固まった。

「なんでいる」

「相変わらず清々しいくらい無礼だな」

――フェルドリック、だ。

ソフィーナの内心をまんま口にしたジーラットにどす黒い空気を向けながら、こっちへ歩いてくる。

（嘘、一人……？）

なんの変哲もないシャツとスラックス姿の彼の周囲に誰もいないことに気づいて、ソフィーナはさらに呆気《あっけ》にとられた。

「殿下、おいでになるなら仰ってくだされば、」

「ちゃんと逃げたのに」

「いい加減にしろよ……？」

フォローに走ったバードドナーの努力を、真剣な呟きでまたも台なしにしたジーラットに、フェルドリックは地の底を這《は》うような声を出した。

真っ青な顔でざっと音を立てて飛び退《しさ》ったジーラットを横目で見ながら、「……計画を立てて、城からご同行いたしましたのに」とバードナーが呆れ声を出す。

「さすがに一人はまずいでしょう。もう少しご自身の安全にも気を払ってください」

「僕がどこで何をしようが、安全を確保するのが君たち騎士の役目だ」

「だから限界があるっていっつも言っているでしょうっ」

「限界なんて言葉はもう少し人間らしくなってから使え」

バードナーの諫めも、遠くから叫んだジーラットの文句も鼻で笑って聞き流すあたり、相変わらず傲慢以外の言葉がない。

「さすがに我がままがすぎませんか……？」

「僕の権利だ」

思わず咎めたが、これもまた一切響かない。皆心配しているのになんだと思っているのか、とムッとする。

「権利などという話ではありません。傷ついたら、死んだらどうするんですか」

「別に。代わりはどこからか湧いてくる」

だが、暗く笑い捨てられてしまった。

「……代わりの心配をしている訳でもありません。あなたはあなただけでしょう」

なんだか悲しくなって、それでさらに腹が立って思いっきり睨みつければ、フェルドリックは目をみはった後、「……どうでもいい」と面白くなさそうな顔でそっぽを向いた。

（し、んぱいしたのに、なんってかわいくない……っ）

人の心配を無碍《むげ》にしたフェルドリックにソフィーナは顔をひくつかせる。背後でジーラットとバードナーが苦笑を漏らした。


「で、何を見たい？」

「え」

フェルドリックが唐突にソフィーナに手を差し出してきた。

（ひょっとして……一緒に見て回る、ということ？）

思いもよらない状況に戸惑って、ソフィーナは思わず彼をまじまじと見つめた。金と緑の瞳にじっと見つめ返されて、息を詰める。

「……行くか」

不意に彼が目を逸らした。手を引っ込めると同時に歩き出す。

「っ」

気分を害した感じはなかった。それどころか小さく笑っていた。なのに、何かが引っかかって、咄嗟にソフィーナは彼の手を後ろからつかんでしまった。

（……何、やってるの、私……）

振り返った彼の顔に驚きがあるのを見て、徐々に顔が熱くなってくる。

「そ、その、初めて、の場所ですし、あ、案内いただけるなら、ありがたい、です……」

ソフィーナは慌てて顔を伏せると、ごまかすために「い、行きましょう」と言って歩き出した。

それから無人の館内を一緒に巡った。フェルドリックを「苦手」と本人を前に言い切るジーラットは言わずもがな、「最後の頼みの綱」と目ですがったバードナーにもさっと距離を取られてしまって、視界に入る人間は彼以外誰もいない。自業自得とはいえ、手も繋がったままだ。

「上階から回るか？　それとも制限書庫？」

「うそ、入れるんですか……？」

「……この国の太子とその妃だぞ？」

「なら、制限書庫に！」

呆れたように言われたのは痛かったけれど、喜びが勝った。

「行こう」

　彼がそんなソフィーナに普通に笑ってくれたことで、緊張が解れたのもありがたかったし、とりとめもなく話しながら、見知らぬ場所を彼と一緒に歩いていることも、ちょっと、ほんのちょっとだけくすぐったかった。


「この創世紀の表紙、透かし彫りですね」

「複製本ではなく、作者自身の手によるものだと言われているからな。王宮図書館にもあるぞ」

「作者って古代王国の中興の祖の……」

「そう、周辺国を武力制圧したデメデア王だ。各地に伝わる神話を集めて、体系化したという意味では、編者と言うべきかもしれないが」

「猛《たけ》き王というイメージだったのですが、こんな繊細な細工をなさる方だったのですね」

　静かな空間に二人の声が響き、ずらりと並べられた本にあたっては散っていく。

　書架の陰に寄り添って立ち、誰の目にも触れず、誰からも声をかけられることなく――まるで世界にただ二人きりであるかのような錯覚を覚えた。そのせいかフェルドリックもリラックスしているように見える。

（私は逆に落ち着かない……）

いつになく柔らかい空気に、ソフィーナは彼と話しながらもそわそわと身じろぎしてしまう。

「こっちのエデン記は王宮図書館所蔵のものと一部違っている」

高い位置にあった本を背伸びだけでやすやすと手にして、フェルドリックが手渡してくれた。その拍子に柑橘《かんきつ》を思わせる香りが鼻に届き、意識すまいと思うのに、鼓動が勝手に早くなっていく。

「終章のこの行だ。視点が異なっている」

ソフィーナが全力で平静を装って開いた本を、フェルドリックがのぞき込んできた。心臓がギュッと縮む。

（ちか、すぎる……）

さら強まった香りのせいで顔に血が集まり、本の内容も解説もまともに頭に入ってこない。

「……」

赤い顔のままちらりとフェルドリックをうかがったけれど、彼がそのソフィーナに気づいている様子はなかった。ほっとする一方で、意識しているのは自分だけとまたも思い知らされて、恨めしくもなる。

「他に見たいものはあるか？」

「え、ええと、ではアエインの叙事詩の古語版があれば……」

それは僕も見たことがないな、と言って離れていく彼をふと不思議に思った。

ソフィーナは結婚、契約の相手として選ばれた。だが、これは契約の範疇《はんちゅう》にないのではないのか——。

ざわざわざした気分で、書架を探る彼の横顔を見つめる。

高窓から差し込む光に室内のほこりが乱反射して、周囲は淡く浮き立っている。その明かりの中で見る彼は相変わらず美しい。

彼が振り向いた。目が合い、心臓がどくりと音を立てる。が、すぐに逸らされた。

「……」

ソフィーナはなんとなく視線を伏せる。それから、指で自分の頬に触れ、小さくかぶりを振った。


そうして穏やかなようで落ち着かない見学を終えた。

窓から差し込む夕日に赤く染まる階段を、ソフィーナはフェルドリックに手を引かれて下っていく。帰らなくてはならないはずの時刻はとっくに過ぎていた。

「そういえば、君の興味を聞いていなかった。ソフィーナが好きな分野は？」

「特に決めずに色々読みますが……」

階段が終わろうとする時、唐突に本の好みを訊ねられた。

臣下や民に思わぬ影響を及ぼすことがある、自分の興味を軽々しく口にしてはいけない、と母に戒められたことを思い出し、濁そうかとも思ったが、相手はフェルドリックだ。純粋な興味で聞かれているように感じたこともあって、ソフィーナは事実を口にする。

「その、物語などはあまり読んできませんでした」

「なるほど、娯楽ではなく、実用目的だった訳だ」

言い当てられてなんとなく面白くなくて、思わず口を尖らせる。「子供か」と笑われてしまって、今度は眉尻を下げたソフィーナにフェルドリックは目の端を緩ませたまま、静かに続きを口にした。

「……勉強が好きなのか」

『勉強が好きなのかい？』

その瞬間、夕日の赤と宵の闇に染まる図書館の光景が遠ざかり、陽光に煌めく蒼海《そうかい》を臨む、白亜の宮殿の幻影が見えた。

「……好き、というほどでもないような気がします、けれど、」

あの時と同じ言葉だ。でもあの後、『賢くなれば、皆も幸せにできて、自分も幸せになれる』という続きがどうしても出せない。

「……」

西日に顔半分を赤く染めたフェルドリックが無表情にこっちを見ている。その顔が訝しげになる前に何か言わなくては、と思うのに、喉がひりついたように言葉が出てこない。

（賢くなれば幸せになれると信じて努力してきた。でも――）

唇を引き結び、逃げるように視線を伏せれば、吐息が聞こえてきた。

「……当たり前か」

（……え）

耳に届くか届かないかという掠れ声に顔を上げた時には、フェルドリックは既に歩き出してしまっていた。

「あの、殿下」

「いい加減帰るぞ。アンナが心配し出す頃だろう。フォースンも仕事が片づかないとうるさい」

「え？　え、ええ……」

思わず瞬きを繰り返した後、さっき散々同じことを言い、全部無視されたことを思い出して、ソフィーナは顔をしかめた。

「あの、フード、お忘れです」

図書館の出口で、金の髪をさらしたまま外に出ようとしている彼を思わず呼び止めた。

さっきの妙な空気のせいでためらう気持ちもあったが、彼こそ色々な勢力に命を狙われているはずだ。護衛もなしにふらふらと出歩いていることといい、いい加減無防備すぎる。

「君だってかぶっていな――」

「私に必要ないことはよくご存じでしょう」

自虐を承知で皮肉たっぷりに遮ったのに、フェルドリックが気にする様子は欠片もない。

「君がいれば、横の僕が太子だとは誰も思わない」

「……人をおとぎ話の魔法のマントのように仰らないでくださる？　殿下に釣り合う女性たちではそうはいかないのでしょうけれど」

自分がフェルドリックに相応しくないという自覚はある。が、自爆覚悟の嫌みを素で肯定され、あまつさえ姿隠しの魔法道具のように言われてむっとした拍子に、日頃の嫉妬が出てしまった。

展覧会や観劇、茶会などの私的な催しに参加する時、彼がソフィーナを伴うことは滅多にない。連れていくのは社交界で美貌を称《たた》えられている令嬢や夫人ばかりで、それを知るたびに、私じゃなくて姉を選んでくれればよかったのに、と思ってしまう。

隠し続けてきたことを漏らしてしまって焦るソフィーナに、けれどフェルドリックは冷ややかな目を向けてきた。

「釣り合うからこそだ。今日も変なところで頭が悪い」

「……意思疎通がうまく行かないのを一方的に人のせいにするのは、性格が悪いということでよろしいかしら……？」

訳のわからないことを当たり前の顔で口にした挙げ句の馬鹿扱いに、ソフィーナはついにフェルドリックを睨んだのだが、そこも彼だ。懲りた様子もなく、「ご理解どうも」とせせら笑い、ソフィーナを置いてさっさと外に出ていった。

「ソフィーナさまの仰る通りです。フードぐらい……って、憎まれっ子世に憚《はばか》るって言うし、いらないか。いやでも美人薄命とも言うし」

「美人薄命が嘘なのはお前が体現している」

黄昏《たそがれ》の闇の中からジーラットが現れ、フェルドリックの後に続いた。余計な一言に憎まれ口で応じる彼は、完全にいつも通りに見える。

（……なんなのよ、全然わからない。もうすっかり元通りだし）

並んで歩く彼らの背を見、ソフィーナは口の両端を下げると、「フード！」と自棄気味に叫んだ。

「……」

ソフィーナを肩越しに振り返ったフェルドリックは、露骨に面倒そうな顔をして、それでも頭を覆った。少しだけ溜飲が下がる。

(わからないと言えば、さっきの「当たり前」という独り言もまったくだわ……)

勉強が好きでも嫌いでもないのが当たり前？　でも、気のせいでなければ、何かの諦めを含んでいるように聞こえた。でも笑っているようにも見えた。

少しだけ距離が縮んだような気がしていたのに、やっぱり理解できない、と再確認してしまって余計寂しくなる。

「さて、ソフィーナさまも戻りませんと」

やはりどこからともなく現れたバードナーに頷き、ソフィーナも紫の帳《とばり》に覆われた街へと足を踏み出した。

城への道を辿りながら行く先を見つめ、小さくため息をつく。

(これぱっかりはフェルドリックが正しい。本当に馬鹿だ、私……)

理解できなかろうと、フードをかぶっていようと、完全に闇に溶け込んでいようと――前方のあの人が彼だとわかってしまうことが、ひどく悔しい。

日々はそんなふうに過ぎていった。

フェルドリックの言動に右往左往し続ける自分から目を背けたくて、ソフィーナはフォースンに仕事を増やしてもらうよう頼んで、「フェルドリックさまに見習わせたい……」と文字通り泣かれながら、その通りにしてもらった。調べ物をし、書類を読み、作り、関係する人と議論している間は何も考えなくていい。自分のことも今以上に嫌わなくて済む。

そうして、さらに数か月が経つ頃、事態は大きく動くことになった。

＊　＊　＊

「シャダから外交使節団が来ることになった」

その晩いつものようにソフィーナの部屋を訪れたフェルドリックは、無言で寝室に入るなり、音を立てて寝台に身を投げ出し、そう話し始めた。

「……承知いたしました」

（ああ、これでようやく解放される、いくら諦めの悪い私でも――）

その知らせの意味するところを察して、ソフィーナは口元だけの笑みを零した。

静かな夜の、静かな城の一室。あまりの無音さに、ソフィーナは自分の動揺が彼に伝わるのではないかと怯えた。何が何でも隠したくて、彼から距離を取ろうと窓辺に歩み寄る。

欠けるところのない月が明るく下界を照らしている。その脇にある、かすんでしまって存在が微妙になっている小さな星。それらに何かを連想しそうになったところで思考を止めると、ソフィーナはフェルドリックに向き直った。

カザックとシャダ王国に現在国交はない。六十年ほど前の王権交代の内戦の際に、シャダは旧王朝に肩入れし、また、それが倒れた後も旧王族らを亡命者として受け入れ、新王朝からの引き渡し要請を拒み続けてきた。

その後も事ある毎にカザックに干渉し続けているはずだ。七年前の内乱にもシャダの影があったと聞いている。

使節団の表向きの目的はそういった関係の改善、そして国交の樹立ということらしいが、その代表はシャダ王国第三王女ジェイゥリットだという。彼女はソフィーナや母のような政治に関わるタイプではなく、姉のような人だと聞いていた。

(滞在期限も決まっていないということであれば、つまり本当の目的は……)

ソフィーナは寝台の上のフェルドリックを静かに見つめた。

「前からお話はあったのですね」

いつかの晩、護衛の力量を訊ねたソフィーナに、フェルドリックが「何かあったか」と厳しい雰囲気で問い返してきた理由を今更悟って自嘲した。

（シャダとそれを支持する勢力が私、というより、『ハイドランド出身で、かつカザック王太子の正妃』に害をなす可能性を危惧してのことだったのね……）

図書館行きを希望したソフィーナに、バードナーが今は時期が悪いと言ったのもきっとそういう事情だったのだろう。

「すがらないの、私だけを見てって」

寝台の上で身を起こし、フェルドリックがどこか歪に笑いかけてくる。そんな顔をしているのに秀麗以外の言葉がない彼に、絶対に内心を見せたくない。ソフィーナは窓を背に、にこりと笑みを浮かべた。

「最初に申し上げた通りです――たとえそれがシャダの姫であっても」

「本音を隠すのがうまくなったね」

「私はいつでも正直です。どなたかとは違います」

無言で注がれる視線から逃げたくて、ソフィーナはさりげなく窓の外へと顔を向ける。

（嘘ばっかりなのはフェルドリックじゃない、私だわ）

と、唇の端を吊り上げる。

「ですので、正直に申し上げます。シャダがそう動くとは予想しておりませんでした。

ですが、余力が本当になくなっていると考えればつじつまが合います」

感情を隠そうと発した言葉につられて、一昨年の冬に見た光景が脳裏に浮かんだ。今度は心のままに顔をしかめる。

シャダと接する領地から『流民が押し寄せている』と報を受けて、ソフィーナは状況の把握と援助物資の輸送のために西の国境に向かった。

近隣住民の好意で作られた簡素なキャンプ地で見たシャダの難民たちは、皆ひどく痩せ衰えて病み、子供は眼球と腹が飛び出ていた。しかも、亡命はおろか移動の自由をまったく認めていないシャダの国軍によって、ひどい怪我《けが》を負わされた者も珍しくなくて、彼らはハイドランド国内でぞくぞくと死亡していった。

「他国に手を出す前に、なぜ内政に専念しないのかしら。一昨年程度の寒波で死者が出るような状況をなぜ放置できるの」

絶望が満ちていたあの空間を思い出して、ソフィーナは吐き捨てるように呟いた。

「あんな国に絶対にハイドランドを好きにはさせない。ただでさえ不作が続いて皆苦しんでいるのに」

カザックの民と比べて思う。北のハイドランドの環境は厳しく、民に憂いは多く、貧しい。それでも彼らは母を、兄を、ソフィーナを慕ってくれた。兄以外にあの国を去るソフィーナを心から惜しんで涙してくれたのは、路傍に見送りに来てくれた、名も知らないたくさんの人たちだった。

「そんなに大事？　君はカザック王国の王太子妃なのだけれど、名目上はね」

笑っているのに目が笑っていないという顔をフェルドリックが見せたことで、ソフィーナは我に返り、失態を悟った。信頼していないと如実に告げるその目と「名目上」という言葉に限界がきて、目線を彼から足元へと移す。

（これは、愚かな選択の報い――）

「ええ、そういう契約ですから、もちろんこの国の不利になることはいたしません」

様々な痛みに呻きそうになるのを抑えようと、息を吸い込んでそう言い切った。

（そう、これでいい。後はいつものように適当にゲームでもして、それに集中しよう。いつも気がそぞろになって負けるけれど、もしかしたら勝てるかもしれない。シャダにどう対処するかは、どうせ寝られないその後に考えよう）

「……っ」

そう決めて顔を上げた瞬間、揺れる灯火を受けた金と緑の瞳と視線が交わり、心臓が音を立てて跳ね上がった。

いつの間にすぐ傍らに来ていたのだろう。フェルドリックがこれまで見たことのない、得体の知れない顔でソフィーナを見ている。

「――いい心がけだ」

（え……）

その動揺が収まらないうちに、全身がふわっと動いた。温かいものに包まれる。

（……な、に？）

耳に直接響いてくる心臓の音はソフィーナのものではない。

自分が今顔を押しつけているのは――。

背に、腰に触れているものは――。

しなければいけないと気だけは焦るのに、状況の把握がまったくできない。

「……今度は触らないでって言わないんだ」

呆然としているソフィーナから、その身がわずかに離れる。それと共に言葉の意味を理解して、ソフィーナは体の芯まで凍らせた。

「やっぱり僕に惚れて」

「いません」

「わりに声が震えている」

指摘にかっと顔が熱くなる。

「赤くなった」

淡々としたその声から距離を取ろうとするのに、腰を捕らえられていてままならない。

逃げたがっているソフィーナを嘲笑《あざわら》うかのように、神秘的な瞳が顔をのぞき込んできた。

睫毛《まつげ》の本数まで数えられる距離でじっと見つめられて、なぜか涙がにじんでくる。

「……王女でよかっただろう」

「おう、じょ、で……」

首を左右に振って潤んだ瞳を隠すと、場をごまかそうと口を開いた。

『僕に惚れているんだろう？　よかったじゃないか、そんなでも王女で』

だが、その瞬間、ハイドの夜の庭園で聞いた声が頭に響いた。

「っ、よく、なんかないっ、王女なんかに生まれなきゃ、私でも幸せに結婚したもの……っ」

結果、ソフィーナの口から出てきたのは、その場をやり過ごすための言葉ではなく、本音だった。

フェルドリックを睨みつけたいと願ったけれど、目が合えば絶対に泣いてしまう。ソフィーナは全身を固くして顔を俯ける。

初恋は初恋のままでよかった。それでいつか自分だけを見て、大切にしてくれる人を見つける。その人を大切にし返して、穏やかに笑って、みんなも笑わせてあげて、それでよかった。分相応な幸せが欲しかった――。

「……相手が僕だというのが、相変わらず気に入らない訳だ」

長い沈黙の後、頭上から響いた声は低く平坦だった。

「生憎だったね、それでも君はここに――僕に縛りつけられる」

恐ろしさを感じて、身をさらに縮こめたソフィーナの顎に何かが触れた。

「……っ」

抵抗をものともせずそこを持ち上げられ、ソフィーナはぎゅっと目を閉じる。

吐息の次にゆっくりと唇に触れたのは、言葉の冷たさとは対照的に温かい、やわらかいもの。

「……」

遠ざかっていく気配に目を開け、ソフィーナはもう見慣れたはずのフェルドリックの顔を呆然と見つめた。

目が合った刹那、息が苦しくなるほどの力で再び拘束される。

「――逃げられると思うな、ソフィーナ」

直接鼓膜を打った掠れ声は、何より残酷な宣告となった。

＊　＊　＊

「滞在を許可しよう」

「ありがとうございます、カザック国王陛下。両国の関係改善の機会となるよう、精一杯努めさせていただきますわ」

カザレナの王城の最奥、玉座の間にて、シャダの王女ジェイゥリットはソフィーナの義理の父に当たるカザック国王に嫣然《えんぜん》と微笑んでみせた。次に、フェルドリック王太子に向き直り、同性のソフィーナでさえため息をつきたくなる色のある笑みを浮かべる。

それから彼女はフェルドリックの横にいるソフィーナに目を向けて、頭からつま先まで一瞬で眺め回し、明らかな嘲笑を顔に載せた。


そんなシャダ王国外交使節団の入国から、早一月が経とうとしている。

カザックとシャダの和平交渉も、国交正常化交渉も遅々として進んでいない。それもそのはず、シャダの目的は和平や国交の樹立にはなく、ジェイゥリットをフェルドリックの寵姫とすることにある。

カザックの重臣たちからの面会要求を可能な限り無視し、たまに応じたかと思えば、何一つ具体的な話をせず、ジェイゥリットはフェルドリックと時間を過ごすことにひたすら注力しているらしい。

「お聞きになりまして？　シャダのジェイゥリット殿下の護衛に指名されたのは、アレクサンダーさまとジュリアンさまなのですって」

「まあ、わざわざあのアレクサンダーさまが客人の護衛をなさるの？」

「やはり噂通りただのお客さまではないということかしら？　ソフィーナさまとのご結婚からたった半年だというのに、残酷なことをなさるのね」

「でも、こうも考えられませんこと？　アレクサンダーさまにジェイゥリット殿下をあてがっておいて……」

「嫌だわ、その間にご自分はフィリシアさまと？」

「なんにせよソフィーナさまがお気の毒で……。皆さまがお開きになる催しにも、最近ではジェイゥリットさまのお出ましのほうが多いくらいですものね。それに夜のほうも近頃は……」

「聞きまして？　ジェイゥリットさまに殿下から贈られたという宝石の話」

その日、いつもの秘密の場所にこっそり行こうとしていたソフィーナは、聞こえてきた噂話に足を止めた。

「……」

宮殿の建物の間からわずかにのぞく狭い空。そこを見上げてソフィーナは母に謝ると、彼女たちに見つからないよう踵を返した。

（噂って案外馬鹿にならないわ……）

視線を足元に落とし、足早にそこから離れていく。

最有力の公爵家の跡継ぎであり、かつ従弟でもあるアレクサンダーをフェルドリックはひどく信頼している。かつて彼らは王太子とその側役、将来の執務補佐官として、一緒の教育を受けていたという。その後軍への抑えとするためにか、アレクサンダーは騎士としての道を歩んだ訳だが、それでも二人の仲睦まじさに変化はなかったそうだ。

彼ゆえにフェルドリックは想い人であるフィリシア・ザルアナック・フォルデリークを手にしなかったのだろうと簡単に納得できる、それほどの関係だ。

そのアレクサンダーがフェルドリックの妃、しかも正妃の座をあからさまに狙っているシャダの姫の護衛に当たる――その意味がわからないほどソフィーナは鈍くない。

夜、フェルドリックがソフィーナを訪れる回数が減っているというのも事実だ。それ以外の日、彼がどこで何をしているのかはまったく伝わってこない。その程度の思いやりを持ってもらっていることにいっそ感謝すべきかも、とソフィーナは薄く笑った。


ふと顔を上げれば、来たことがあるようなないような、小さな庭園の前にいた。

盛りを迎えている白い花はオレンジだ。香りに誘われるようにソフィーナはそこに足を踏み入れると、見つけたベンチに腰を下ろし、ようやく息を吐き出した。

『長旅でお疲れでしょうから、まずはゆっくりお寛《くつろ》ぎください』

『噂通り実にお美しい。歓迎の夜会を設けましょう。できるだけ多くの者に目の保養の機会を与えなくては』

フェルドリックがシャダの王女をエスコートする仕草、目線、表情。それらを受けて陶酔していく彼女に、フェルドリックは柔らかく微笑み、しばらく二人は見つめ合っていた。そのすべてをソフィーナは目の当たりにしている。

「猫かぶりもいいところ……って、違うか。あれこそがあるべき態度だったわ」

（そんな当たり前の礼儀すらとってもらえない私って一体……）

思わず零れた文句につい自分で突っ込んでしまって、さらに凹んだ。

フェルドリックにとって、ソフィーナは都合のいい正妃、よくてそれに退屈しのぎが加わる程度だろう。そう理解していたから、ソフィーナ自身飾りでいいと頼んだし、彼もそれを受け入れた。彼のソフィーナに対する態度は当たり前の結果だ。

だからいつかのあの夫婦のように、バードナーたちのように、アレクサンダーの兄夫妻のように、笑い合うことはない――。

『生憎だったね。それでも君はここに――僕に縛りつけられる』

憎しみのように響いた言葉を思い返し、ソフィーナは泣き笑いを零した。

（そのくせなぜあんなことをするのかしら。嫌がらせ？　それともまた勘違いさせて、また笑う気だった？）

あの時触れ合った唇に指を置くと、その先が震え出す。

た。

零れそうになった涙を落とすまいと祖国のある方角の空を見て、余計に泣きたくなった。

「……っ」

カザックの夏空は美しく高く青く澄んでいる。けれど、ここから見る空はソフィーナが今いる世界のように狭い。

（ここではないどこかへ行ければいいのに……）

そう思ってしまった瞬間、ついに雫《しずく》が零れた。堰《せき》を切ったように次から次へと涙が溢れてきて、止めなくてはいけないのに止まらない。

「ねえ、あちらに座っていらっしゃるの、ソフィーナさまではなくて？」

「いやだわ、お妃さまがあんな場所にいらっしゃるはずが…………あら？」

「っ」

聞こえてきた声に、ソフィーナはびくりと体を震わせる。

「っ、ジーラッ……」

動揺するソフィーナの顔を、背後に現れたジーラットが斜め上からひょいっとのぞき込んだ。見られた、と息を止めたソフィーナの頭に、彼は手にしていたタオルをばさっとかけ、視界を遮った。

あれからソフィーナはタオルをかぶったまま、彼に手を引かれて人気のない所へ連れていかれた。

「……汗の匂いがする」

一時間ほどしてやっと落ち着いたソフィーナが見つけた言葉は、そんなものだった。

(でも、嫌な臭いに感じないのはジーラットだからかしら。それとも美形な人って皆そうなのかしら?)

これ以上泣きたくなくて、そんな意味のないことを考える。

「使った後ですから」

「……さすがに無礼と言っていい?」

「えー……ってそりゃそうか。ええと、じゃあ、今更ってことで」

なんにも知らない顔でいつも通りふるまってくれるジーラットに、止まったはずの涙がまた零れた。

「うわっ」

あたふたと動揺して、頬を伝う雫を慌ててタオルで拭ってくれる彼に、ソフィーナは泣きながら笑う。本当に人がいい。

「……ねえ、今から話すこと、内緒にしてね」

(だから少しだけ――)

「……はい」

彼はソフィーナと目を合わせて一瞬で動揺を鎮めると、深い緑色の目をまっすぐ向けてきた。何かを見透かそうとするような、とても強い視線をありがたく思う。その力を借りれば、すべて吐き出してしまえる気がした。

同時に、隙を見せてはいけないと諭した母に内心で許しを懇願する。

「ジーラットの初恋はいつ？」

「五歳くらいに離れて暮らしていたあ、ねに。中も外も驚くくらい綺麗な人なんです。家族以外なら八歳の時です」

「そう……。どんな子だった？」

「その、華奢で可憐な、月の妖精のような子でした。とても優しくて……」

頬を染め、どこか遠くを見るような目をしたジーラットに羨望を覚えた。

「私の場合は十二歳だったの。しかも、相手はなんと今の夫」

「げ」

と呟いて、信じられないものを見る目で自分を見たジーラットに、ソフィーナは思わず笑った。本当に正直でほっとして……泣きそうになる。

「本当に『げ』よね、今思うと。でも、あの時はこんな性格だって知らなかったの」

「ああ、あの猫かぶり、完璧ですもんね」

心底嫌そうに言う彼にまた笑った。なのに、彼はそのソフィーナに「無理に笑う必要はないです」と悲しそうな顔をした。それで結局ぽろぽろと泣く羽目になった。

「そ、れが困ったことにね、その初恋、続いているの……」

「……え」

「性格悪いだけじゃなくて、好きな人がいると知っているのに」

「好きな人、って、あのフェ、殿下に……？」

「そう、あなたの同僚」

「ア、アレックス？」

盛大に顔を引きつらせたジーラットに、ソフィーナは泣きながら吹き出した。確かに彼らは仲がいいけれど、と。

「本当、あなた変ね」

「そ、それはそうですけど。いや、そ、れはちょっと洒落にならないかなあ、なんて」

「違うわ。フィリシア・ザルアナック・フォルデリークよ」

「……」

その瞬間、口をぽかんと開けて、ジーラットはソフィーナを見つめたまま固まった。その間たっぷり一分はあっただろう。

「い、や……ない、です、絶対に」

不可解で奇妙なものを見るように頰を痙攣《けいれん》させ、絞るように出した声が再開第一声だった。

「だってそう評判だもの。私もそうだと思う。だって彼女だけ本当に特別な扱いだわ」

彼と彼女が交わしていた意味深な目線、距離の近さ、お互いを呼び捨てにする関係性、相手にふさわしいものを贈る気遣い——ソフィーナはもちろんジェイウリットでさえ、その比ではないように見えた。今のジェイウリットと言うべきかもしれないが。

「噂って無責任……。というか、特別っていい意味ばっかりじゃないような気がするんですけどね……」

どこか遠い場所を見るような目をしていたジーラットは、気を取り直すように頰を自分の手で叩くと、唸《うな》るように呟いた。

「とにかく妃殿下がフェルドリックを好きなのはよくわかりました。でなきゃ、妃殿下ほど聡明な方がそんな噂、信じるはずがないですから」

「そうか、あなたも彼女を知っているのね」

「あー、はい。ええと、とにかく、荒唐無稽極まりないその噂、今は亡き祖父母に誓って噓だと断言します」

彼がそう言うと本当に聞こえた。ただ、それがただの願望なのか相変わらずわからなくて、ソフィーナはごまかすように笑う。

「私ね、お嫁さんに憧れていたの」

突然変わった話題にジーラットが目を丸くした。幼く見えるその顔はソフィーナを少しだけ慰めてくれた。

「私、自分のこと、美人じゃないと知っているのだけれど、たった一人を見つけて、それで幸せになると信じていたの」

憧れていたのは正確には花嫁になることじゃない。あの日、誰とも知らない女性が見せた、あの笑顔だった。相手を信頼し、相手に信頼してもらって、お互いの幸せを祈り、喜ぶ――幸福の象徴そのもの。

「見つけたと思ったけれど、自分の特別にはならないと諦めて、でも思いがけず見つけてくれたと喜んで、でもただの勘違いで……本当に馬鹿」

「それは殿下のことですか……？」

痛みを含んだ声にまた泣きそうになる。

「私の姉、すごく美人なの。最初カザックから婚姻の申し込みがあったと聞いた時、私、確かめもしないで姉への話だと思い込んだのよ」

皆もそうだった。

「私ではなく姉の間違いだろうと言う父たちを前に、私に跪いて『一目惚れした、結婚するとあなたの口から聞かせてほしい』と言ったの。猫をかぶったままだったし、舞い上がったわ」

まるでおとぎ話のよう――でも、現実はやはりおとぎ話なんかじゃなかった。

「でも、本性はあの通り。ハイドランドとの婚姻の目的はシャダへの牽制で、姉でなくて私だったのは、兄から仕事の補佐を奪うことと、私なら姉と違って着飾らせる必要がないからなのですって」

「……」

ソフィーナを凝視しながら話を聞いていたジーラットが、直後に剣呑な表情で何かを呟く。その彼にソフィーナは無理に笑った。うまくいかなくて、ジーラットはまた眉をひそめたけれど。

「しかも、何が一番情けないかって、私、そんな扱いをされてなお、まだ幸せになれるんじゃないかとどこかで思ってしまうの……」

希望の欠片でもなんでもないものを勝手に拾い集めて、それを希望だと思おうとする。そして違うと気づくたびに、自分の愚かさに嘆きと嫌悪が増す。

「でも……でも、それももうおしまい」

「いいのですか……？」

フェルドリックはソフィーナが彼を好いていると気づいている。知っていてあの態度だ。なのに——

「……」

先日自分に触れた、彼の唇の感触が蘇って、また涙を零した。

「私、誰かのただ一人になりたいの。それで幸せに笑い合いたいの。その相手は彼じゃないとようやく受け入れられそうなの」

責任のある者として国に関わる仕事ができるのは、ソフィーナにとって幸せなことだ。街や村で人々が平和に暮らし、笑っている、その顔を見るのが何より好きだった。

そのためならなんだってできると思っていたけれど、やっとわかった。

「きっといい機会なんだわ」

ソフィーナは膝の上に置いた両手をぎゅっと握りしめ、深呼吸をする。

(この時期にシャダの姫が来たこと。これを僥倖《ぎようこう》と思おう。私は母の、名高きハイドランド賢后の娘だ。いくら愚かなことを続けてきたといっても、そこまで自分をみくびれない)

「ジーラット、ありがとう。ようやく決心がついたわ」

「……」

じぃっと見つめてくるジーラットの美しい森の緑の瞳を、ソフィーナはまっすぐ見返した。

（この人は鈍いし、人とずれているところもあるけれど、肝心なところでは必ず気づく）

悟られたなと思ったけれど、彼についてソフィーナはもう一つ知っている。

「内緒、よ」

（優しいのよね、どうしようもなく）

それにつけ込もうと微笑んだソフィーナに、ジーラットは本当に困った時の顔を見せた。

＊　＊　＊

「……また徹夜ですか？」

「見た通り、寝てただろ」

「ソファで仮眠をとるだけというのは、徹夜と言って差し支えないと思いますけどね」

執務室に入ってきたフォースンを前に、フェルドリックはソファから身を起こすと、伸びをする。

「それで、用件は？」

「シャダのジェイウィリット殿下から茶会の招待です」

朝っぱらから気持ちの悪いものを想像する羽目になったフェルドリックは、嫌気を表情に出す。おそらく目の前のフォースンと同じ顔をしていることだろう。

「仕事を口実に断ってくれ。そうだな、代わりに見てくれだけ立派な宝石でもくれてやれ」

「できるだけ悪趣味なものを選びます」

真顔で言うフォースンに、「それこそがあの醜女の趣味だ」と返した後、それの機嫌を取らざるを得ない自分に皮肉な笑いを零した。

(国のため、人のため、この世で最も軽蔑するタイプの人もどきにつきまとわれて、それに笑いかけて、そのくせ内心で罵って――やはり道化そのものだな)

心の中にまた暗い染みが広がっていく。

(同じ立場で、同じように色々飲み込んで生きてきたはずなのに、なぜこうも違ったのか)

青灰の瞳が思い浮かんだ瞬間、フェルドリックは倦怠《けんたい》を露わに息を吐き出した。

「ソフィーナの警護状況は」

「ご指示通りに強化を」

「不便や不安は感じていないか」

「さあ、そこまでは。ご本人にお聞きになってはいかがですか」

「……愚問だった。あの護衛二人が一緒なんだ、緊張感なんか持てる訳がない」

フォースンの眼鏡越しの黒い視線から咄嗟に逃れると、ソファから下りて執務机に向かった。探るように見られていることに気づき、フェルドリックはあくびをしてみせる。

「あー、その、今晩あたりご機嫌伺いに行かれては、という意味だったのですが」

「悠長だな。シャダはハイドランド王やセルシウスにまで手を伸ばす気では、という報告が上がってきている。王はどうでもいいが、セルシウスに危害を加えられてはまずい。陛下からも目を離すなと厳命があった」

「げ、北が一気に不安定化するじゃないですか……。けど、その情報の信ぴょう性は？　シャダ王もあの国情でそんなところにまで手を広げるほど愚かでは」

「ないと思うか？」

「…………微妙」

「だろう。早急に情報を集めて、必要に応じて対策を打つ」

珍しく食い下がってきたフォースンを、政情にかこつけてかわした。

フェルドリックはあれからほとんどソフィーナの部屋を訪れていない。シャダやそれに与《くみ》する者たちに、フェルドリックの興味がソフィーナにないと見せるためという目的もあったが、それ以上に彼女を視界に入れたくない。

「ですが、その、余計なことかもしれませんが、ちゃんとお話しになってはいかがかと。

お二人とも言葉が足りていないように思います」

「……」

ため息をついたフォースンのしつこさにうんざりしつつ、フェルドリックは机の前の椅子に腰かけ、山積みの書類に手を伸ばす。

「シャダのクズ姫に訪いを入れていると誤解されてもいいんですか。面白おかしく噂に興じる者が出てきていますよ、いつもの暇な馬鹿どもですが」

「あんな阿呆《あほう》に惚れる人間は、同レベルの阿呆だけだ。まともな人間なら皆知っている」

「い、や、それがわからなくなる不思議現象が、どれだけ聡明な人間にも時々起きるというか……ですので、その、ソフィーナさまであっても信じる可能性がなくはないかと」

「ないな。その辺どうでもいいそうだ」

そっけなく返して窓の外に顔を向けた瞬間、フェルドリックは息を止めた。

ソフィーナだ。いつものようにアンナと護衛の二人が一緒にいる。

タイミングの悪さと、これほど離れているのに彼女だとわかってしまったことに、苛立ちが増した。

(――……笑った)

騎士のどちらに対してかはわからない。だが、ソフィーナは遠目にわかるほどの笑顔を見せた。

「……」

手の甲を唇に押し当てると、フェルドリックはそのこぶしを知らず握り締める。

(縛りつける……?)

――ナカセルコトシカデキナイクセニ。

心の奥底で燻《くすぶ》り続けてきた、どす黒い嫌悪が噴き出した。七年ぶりに全身に広がっていく懐かしい感覚に、唇の右端が吊り上がる。

「それより財務と外務、両大臣を呼んでくれ」

それから、こちらの様子をうかがっているフォースンに向けて、丁寧に仮面をつけ直すと、体よく退出を促した。

＊　＊　＊

与えられた仕事をこなした後、ソフィーナはカザック城の自室の窓辺で一人、空を見上げた。

「……」

強い日差しに大きな雲が白く輝いている。南の夏空だ。吹き込んでくる風も熱を含んでいて、茹《う》だるように感じられた。

今、フェルドリックはシャダの王女ジェイゥリットを連れて、観劇に行っているはずだ。昨日のお茶の席、ソフィーナの目の前で「相互理解のために文化を知りたい」とねだられていたから。

護衛のために背後に控えていたバードナーが帰り際、「相互も何も、シャダの文化・芸術は王や貴族におもねるものばかりじゃないか。餓死するまで国民から搾り取って、挙げ句どぶに捨てているくせに」と呟いていた。

「口にしてはだめよ」

一応そうたしなめたけれど、バードナーの言う通りだった。

あの国の人々は、王や貴族から家畜のように扱われている。金銭・物質的な貧しさに加え、人らしい尊厳もなく、自由に物を言えば当たり前に、好奇心を持つだけでも――たとえそれが文字を習うことであっても殴打される。抵抗の手段どころか、抵抗という言葉すらも知らないのではないかという有り様だった。

『人々に学を与え、彼らが知識を得て考えるようになれば、それぞれが工夫し、彼ら自身だけでなく国も豊かになる。同時に不満があれば、王に逆らうようにもなる。そうと知って、国民を知から遠ざけているのがシャダの王、逆がカザックの建国王さまよ。ねえ、セルシウス、ソフィーナ、ハイドランドはどっちを目指すべきだと思う？』

ソフィーナは祖国での日々を思い出し、お母さまってば、お茶の時にまでそんな話をしていたわ、と苦笑を零した。

（せっかくカザックに来たのだから、一度くらい建国王さまにお会いしてみたかった）

母が心から尊敬していたその方はお体を悪くされて、今は湖西地方の離宮で静養なさっているという。結婚祝いに驚くほど美しいエメラルドとイエローダイヤのネックレスを、優しい言葉の詰まった手紙に添えてくださった。一度遊びにおいで、とまるで実の孫に対するように。

悲しく微笑んで首を振ると、ソフィーナはシャダの王女を思い描いた。

ソフィーナの姉が可憐なタイプなら、彼女は妖艶という感じだ。色と媚《こ》びを含んだ目つきと表情、誘うような物腰と話し方、体型の凹凸をあからさまに見せるドレス、派手に人目を引く宝飾品……。

『あら、失礼しました。いくらご紹介したところで、あなたに似合うはずもないのに』

昨日もそうだ。身につけていた豪華なダイヤとサファイアのネックレスを、聞いてもいないソフィーナに散々自慢し、挙げ句彼女はそう締めくくった。

『すべてシャダの人々の血肉を搾って得た物でしょう』

と言わずにいた自分が正しいのか、正しくないのか、ソフィーナには判断がつかない。

そんな搾取を受け続けてきたシャダの人々は、それでもここ十年で随分変化した。飢えて死んでいく彼らの前で、奪い取った財を湯水のように散財する王たちに我慢が限界に達したのだろう。民衆の間に抵抗組織が作られ、広がっていっている。

彼らを支援しているのは、繁栄の最中にあるカザック王国だ。かつてシャダと同様の身分制を布《し》いていた旧王朝を滅ぼして生まれたこの国は、金銭だけでなく心理の面でもシャダ国内の抵抗組織を支えている。

ここ数年の冷夏とこれまでの内政放棄のつけを合わせて、そうしてシャダは余裕を失った。

「それでハイドランドに目をつけた……」

数多いシャダの姫とソフィーナの兄セルシウスの婚姻を、幾度となく持ちかけてきていた理由だ。

シャダはおそらく名実を問わず、ハイドランドの吸収を狙っている。他に国境を接するカザックは到底手が出せないレベルにまでなってしまったが、ここのところ苦しい状況にあるハイドランドであれば、ということなのだろう。

彼らが特に興味を示しているのが、国境近くにある金鉱山だ。農作物のような年毎の変動が少なく、安定した財源となる金は、ハイドランドのような貧しい北国からすれば、何にも代えがたい財源だった。シャダとしても同じなのだろう。昔からシャダはその鉱山を得ようと何かと仕掛けてきていたが、近年それが顕著になっている。

「……多分全部フェルドリックの思惑通りだわ」

悔しさに唇を引き結んだソフィーナの頬を、熱と湿気を含んだ南風が撫でていった。

ソフィーナが嫁いだことで、ハイドランドはシャダではなく、大国カザックと結びつきができた。思惑がご破算となるシャダは焦っただろう、フェルドリックの計算通りに。

だが、婚姻から半年経っても、両国の間に正式な軍事同盟を結ぶなどの動きが出た訳ではない。ハイドランド王である父は愛娘《まなむすめ》のオーレリアを選ばなかったフェルドリックとカザックに恨みのようなものを抱いていたし、カザックとしてもそこまでハイドランドに肩入れする気はないからだ。

ならば、いっそカザックと自分たちが結べばいい——単純なシャダ王の考えそうなことだった。

(これで嫁いだのがお姉さまだったら、そこまで侮られなかったのでしょうけれど……)

「……みんな、ごめんね。お兄さまも」

私が私だったばっかりに、とソフィーナは一人呻き声を漏らした。

(見た目がだめでもせめてかわいげぐらいあれば……)

と思ったところで、フェルドリックが何度もそう言っていたことを思い出して、頬をひくつかせる。

（……って、そうじゃない、今考えるべきはシャダの動きだわ……）

頭をガシガシとかきむしると、気を取り直すべく、すっかり冷えてしまったお茶に口をつけた。

シャダの第三王女ジェイウリットは、ソフィーナの姉と並び称されている美姫だ。あの国の暗愚な王は正妃がソフィーナであれば、カザック王太子はジェイウリットの母国シャダに肩入れすると考えたのだろう。

（もし、私が対抗して、シャダではなくハイドランドを助けてほしいと働きかけたら、状況は変わるのかしら……）

そう考えた直後にソフィーナは苦く笑った。

フェルドリックもカザックもそんなに甘くない。何より――カザックにはカザックが知らない、ハイドランドを見捨てるべき理由がある。

『ソフィーナ、今から話すことを決して口外してはいけない。君を危険にさらし、夫となる人を欺かせることになるのは、本当に心苦しいけれど……』

ソフィーナはハイドランドを出る前夜の兄との会話を思い出して、固く目を瞑《つぶ》った。

（嘘つきはやっぱり私のほう……）

浅くなっていく呼吸を落ち着かせたくて、意識して大きく息を吐き出す。

ジェイゥリットがフェルドリックに気に入られ、カザレナの貴族たち、特に旧王権派に受け入れられていると報告を受けたシャダの王はどうするか――。

政治を王の趣味と同一視して疑っていない、かの地の王や側近たちの能力・性格・環境を考慮して、ソフィーナは結論づける。

彼らはさらに欲をかくはずだ――ハイドランドを得るのであれば今しかない、と。

（まず狙ってくるのは、地理的にもハイドランド南西部のガル金山。でも、大規模な出兵の余力は現状シャダにはない。となると、シャダとしても戦争は避けたいはずだから、それ以外の方法でそこを、ハイドランドを手に入れようとしてくる。兄はシャダとの縁談を何度も断っているから、次の狙いは……）

ソフィーナは、元の整った顔立ちが長年の怠惰のせいで崩れつつある父、それから別れの前の晩に『ごめん』と呟いた兄の顔を思い浮かべ、眉根を寄せた。

（多分父と兄を狙ってくる。それだけじゃない。民を気遣わないシャダのことだ、出兵がないと断言するのも早い。もっと情報を集めなくては）

そうして出し抜く――シャダもフェルドリックも。

暗い目をしてそんな考えに耽っていたソフィーナの耳に、ノックの音とフォースンの硬い声が響いた。

「ソフィーナさま、フェルドリック殿下がお呼びです」

来るべきものが来たのではないか——ソフィーナは顔を歪めると、即座に自室を後にした。

白大理石の柱が並ぶ渡り廊下の行く手に、元凶であるシャダの一行がたむろしていて、ソフィーナのみならず案内のフォースンも顔を曇らせた。

彼女の周囲には、シャダからの従者のほかにカザック貴族が数多くいた。フォースンと護衛二人だけのソフィーナとはひどく対照的だ。

「あら、ソフィーナ、ごきげんよう」

「妃殿下を呼び捨てるとは、無礼にもほどがあるかと」

フォースンの抗議を鼻で笑い、美しいシャダの姫はソフィーナの全身を眺め回して、嘲笑を浮かべた。

「そのようななりをなさっておいでなので、つい失念してしまいますの」

「ゴテゴテに着飾って化粧しまくらねば、他者から敬意を受けられないという方ではありませんからね——見た目で勝負するしかない方には、おわかりいただけないかもしれませんが」

（……え？）

いつもひょうひょうとしているか、フェルドリックにやられて半泣きになっているイメージのフォースンが即応で吐き出した毒に、ソフィーナは一瞬呆気にとられる。

「っ、男爵ごときにもらわれた、卑しい孤児の分際でっ」

「生まれつきの顔立ちがどうだろうと、どれだけ取り繕おうと、醜い心根というのはにじみ出てくる」

ジェイゥリットの罵声に、ソフィーナの半歩後ろにいるバードナーの目が、彼にはあり得ないほどに尖った。こちらにも驚いたが、続いて口を開いた彼をソフィーナは咄嗟に目で制する。

そして、ジェイゥリットに向き直り、薄く微笑みかけた。

「あなたのふるまいがあなたの祖国を表すものとなることを、お忘れにならないほうがよろしいかと」

「……なんですって？」

「ここはあなたの国ではない。国を代表する者、何より人として品位あるふるまいを求めます、ジェイゥリット殿下」

それからソフィーナは、ジェイゥリットたちシャダ人の背後にいるカザック貴族たちの顔を「――あなた方も」と言いながら、じろりと見渡した。

そのほとんどが顔を俯けたのを見、こっちはまだマシらしい、と皮肉と安堵で複雑な気分になる。

「そろそろ道を開けていただきましょう」

顔を真っ赤に染め、唇をわなわなと震わすシャダ王女の前に、ジーラットが進み出た。

「ソフィーナ・ハイドランド・カザック妃殿下への不敬は、妃殿下がお許しになっても私たちが許さない」

そして、彼女を冷たい目で見下ろしながら、はっきりとした声で告げた。

「っ、き、貴様ら、先ほどから我が主に向かって、無礼にもほどが……」

「先に礼を失したのはそちらだ。我らカザック王国の騎士は、礼を向ける相手を選ぶ──不満ならご主人さまのために、手袋でも投げてみたらどうだ？」

（……本当にジーラットなの？）

獰猛《どうもう》といっていい顔つきで傲然と言い放ったジーラットに、ソフィーナは思わず目を見開く。

「お勧めはしませんけどね」

意味深に笑うバードナーの空気も威圧的なもので、ジェイウリットもその取り巻きたちも顔色を失い、微妙に後退《あとずさ》った。

（いつもあんなに穏やかで楽しいのに……）

内心で少し動揺したものの、意識して凛とした顔を保ち、ソフィーナは再び歩き出す。

そして、ジェイウリットらが怯んだことでできた道の真ん中を突っ切った。

「ヘンリック殿、マット殿、これで今月の始末書、何枚になります？」

「えー、抗議してきますかねえ」

「きますよ、賭けてもいいです。倫理も道徳も教養も人としての最低限の思いやりもない上に、空気も読めない。あるのは醜い、分厚い面の皮だけ」

（さっきもだけど、フォースンって結構な毒吐きなのね……）

人通りのない所を歩きながら、フォースンが零した皮肉にソフィーナは微妙に眉を跳ね上げた。

「俺、まだ三枚。それもマットのとばっちり」

「私は十三……」

「マットは十四枚になったら新記録樹立なんでいいとして、フォースンさんこそ大丈夫ですか？」

（つまり、大体二日に一枚は書いている……それ、『新記録樹立』で流していいの？）

色々集中しなければならないと思っているのに、つい気が逸れる。

「大丈夫じゃなければ、首ですかねえ……って、首？　っ、首っ！　マット殿、今すぐ手袋投げに戻りましょう！　是非！　責任は私がとりますから！　あの高慢ちきの腕の三本程度なら折っても許す！」

「腕二本しかないし。てか、いい大人なんだから、少しは本音隠して」

「私の始末書の枚数も少しは気にして」

「魔王から解放されたいという切望には心底共感しますが」」

最後ぴたりとそろった声に、ソフィーナは耐えきれなくなって吹き出した。

この先、フェルドリックの所に行っても、悪い話しか待っていない――そう思って張りつめていた気持ちが、笑い声と一緒に少しだけ解れる。

その自分に三人が優しい目を向けてきて、ソフィーナは笑いながら視界を涙でにじませた。

（本当に優しい人たち……）

カザックに来て孤独だったソフィーナに、ずっと、ずっと寄り添ってくれた。伝手《つて》も何もないソフィーナをたくさん助けてくれた。落ち込むたびにたくさん笑わせてくれた。後ろ盾がないに等しいソフィーナを、色々なところでかばってくれていることも知っている。

「……ありがとう」

色々な意味を込めて三人に微笑むと、ソフィーナは表情を消し、フェルドリックの部屋に訪いを入れた。

侍従に通された先、フェルドリックの執務室はいつもと特に変わりないようだった。

大きく開け放たれた窓から夏風が吹き込んできて、白いレースのカーテンを揺らす。その向こうで、庭師のコッドが丹精込めて育てた夏バラやユリが同じ風に靡いていた。

窓の手前に据えられた広大な机の前で、部屋の主がソフィーナに向かって口を開いた。

「ハイドランド国王が暗殺された」

「そうですか。兄、セルシウスは？」

（やはりそういう手で来た――）

疎遠だったとはいえ、実の父だった人が死んだ。なのに、気になるのは兄と国のことだけ――なんてかわいくないの、と我ながら呆れる。

そのソフィーナにフェルドリックは微妙に目を眇めた。

「辛くも難を逃れたそうだ。詳細は不明だが、今は一部貴族によって軟禁されているらしい」

思わず安堵の息を吐き出せば、気管が大きく震えた。ほっとしてにじんできた涙を堪えるために、ソフィーナは両脇のこぶしをぎゅっと握り締める。

（お兄さまは生きている……）

ハイドランド王族としても個人としても、ソフィーナがもっとも危惧していた事態が避けられたことは喜ばしい。だが、それが意味するのは、と唇を引き結んだ。

──兄を亡き者にした場合、王位がソフィーナに移ることを知られてしまった。

この国に嫁する前日の夜更けに、兄セルシウスは『かわいい妹と最後にゆっくり語らいたい』と言って、ソフィーナを訪ねてきた。

『ソフィ、メリーベルさまが父上の遺言を用意している』

そうして人払いした密室で声を潜めた兄の顔を、ソフィーナは鮮やかに覚えている。

『父上はあの通りだから、メリーベルさまが用意したものに、ろくに目も通さずサインなさったのだろう』

そう苦笑した後、彼は何かに耐えるかのようにぎゅっと眉根を寄せた。

『父亡き後、王位に僕を、太子にソフィを指名している。父と僕が同時に死んだ場合はソフィだ。メリーベルさまはオーレリアに王の役目は果たせないとお考えになったのだろう』

『……』

絶句したソフィーナを見、兄は口を噤んだ。長い沈黙と冬夜の空気がひんやりと自分たちを包んでいた。

『……ソフィ、君がカザックに嫁することになった今、本当ならこれは書き換えるべきなのだと思う』

苦悶《くもん》を顔に浮かべながら、兄はソフィーナを見た。

『兄として君に幸せになってほしい。けれど……僕は太子としてこの国、というより民を見捨てられない』

（──ああ、この人は血が繋がっていなかろうと、間違いなく母の、メリーベルの息子だ、私の兄だ）

泣きそうになるのを堪えながら、ソフィーナは兄の顔を見つめた。姉と同じ、美しい白金の髪と青い瞳。なのに、まったく違った顔に見えた。

母の働きで多少持ち直したものの、ハイドランドはいまだ不安定だ。隣国シャダの介入も止まらない。そんな国を維持して民を貧困や戦乱から守っていけるのは兄、その彼に万が一のことがあれば、あとはソフィーナしかいない。たとえ他国の妃となったとしても、姉が王位に立つよりこの国の民衆にとってよいと兄は考えた。

だが、それをフェルドリック、カザックに知られる訳にはいかない。

背信を抱えてカザックへ嫁ぐしかない、と悟って、ソフィーナは膝の上に置いたこぶしを握り締めた。

（……話せない）

顔を伏せた兄の口から、『ごめん』という掠れ声が出た。年に似つかわしくない分別を備えた彼が発した子供のような言葉に、ソフィーナは泣き笑いを零す。

『はい』

そう頷いて、兄の悲愴《ひそう》さを取り除こうと芝居がかった非難の視線を向ける。

『さっさとご結婚なさってお子を成しておくべきだったのに、選り好《えごの》みなさるから荷が増えてしまっているのですよ？』

『……僕としては、カザックのナシュアナ姫のような方が理想だったのだけれど』

母が死んでからそれどころじゃなかったのは、もちろんよく知っている。それでも敢えてそう言ったソフィーナの意図を酌んでくれたのだろう、兄は兄で演技めかして『去年ご結婚なさったそうだよ』と嘆いてみせた。

『今からでも遅くないですから、早急にご縁談を見つけてください。そうすれば、生まれてくるお子が太子になって問題解決です』

『プレッシャーだ……』

これ見よがしに肩を落とした兄と一緒に笑って……。

『まあ、そうそう死ぬことにはならないと思うから』

部屋を去る際、兄がソフィーナをなだめようと呟いた言葉が、今苦みと共に蘇った。

「セルシウス殿下の性格を考えると、反乱勢力、まして背後のシャダに屈するとは思えない。となると、シャダはなぜ彼を殺してしまわないいんだろうね？　姉姫殿下は彼らの手の内にあるようなのに」

フェルドリックの試すような視線を受けて、ソフィーナは仮面の強度を高める。

特別な計らいがない限り、ハイドランドの王位継承は生まれの順。自分と兄、そして遺言を見た者以外は、次の王位継承者は姉であると信じているはずだ。

「兄の人気は絶大ですから、民衆の反発を警戒しているのかと」

「なるほど。まあ、こちらとしてはあの盆暗姫に王位が移るよりはいいけれど」

父の死去に伴って、兄がハイドランド国王となった。その彼を殺せば、次はソフィーナが王だ。それを知った反乱勢力は兄を殺せない。おそらく拷問などで兄自身の遺書を書かせようとはするだろうが。

その考えに顔が歪みそうになるのをソフィーナは必死に抑える。

今、ハイドランドの王位継承について、カザックに知られれば？

このままハイドランドもろとも兄を見殺しにするか、もしくは積極的にこの世から消そうとすらするだろう。その後ハイドランド王となるソフィーナは、この国の王太子妃でもある。労せずしてかの国はカザックに併合状態となる。シャダの排除はその後でいい。

「……」

ソフィーナは静かに目の前のフェルドリックを見つめた。彼はとても善良な為政者だ。

彼であれば、その後ハイドランドの人々は苦しまないで済むかもしれない。

だが、彼以外の考えは？　この国はシャダやハイドランドのような、絶対的な専制ではない。重要な政策の決定にあたっては、貴族や学識者、利害関係者を集め、合議を行うと決まっている。彼らは貧しい北国の民にどれほど手を差し伸べてくれるだろう？

それに……兄は？　この世に残った、無償でソフィーナを愛してくれるただ一人の肉親をみすみす見殺しにできる訳がない。

「ソフィーナ」

「なんでしょう？」

隠し事の匂いを感じ取ったのかもしれない。フェルドリックの視線が鋭さを増したのを感じながら、素知らぬ顔をする。

「助けてって言わないの？　君が何より大事にしてきた国だろう？」

「私はもうカザックの人間だと仰ったのは、あなたでしょう」

そう答えながら、視線を落として頭を巡らせた。

兄が遺言を書くことを拒む以上、シャダは兄より先にソフィーナを殺しに来るはず。となれば、ジェイウィリットの従者の中に多分刺客が紛れている。

（……そうか）

目から鱗《うろこ》が落ちた。護衛をつけた頃どころか、最初からフェルドリックはそんな情報を持っていたのだ。

（この人は、カザックはシャダの動向のみならず、母が仕向けた父の遺言も知っている。兄がそれを書き換えさせていないことも――）

ソフィーナは再びフェルドリックの顔を凝視した。全身に鳥肌が広がっていく。

彼がソフィーナとの結婚を望んだのは、兄の力を削ぐためとか、着飾らせなくていいとか、そんな理由じゃない。刺客を恐れてソフィーナに護衛をつけたのも、そのくせシャダの姫を追い返さないのも、すべて同じ理由だ――ハイドランドを駒として確実に押さえつつ、シャダといがみ合わせ、互いを牽制させ続けるため。そして、最後には両方を手にするつもりなのだろう。

（なんて恐ろしい国、なの……）

他国の機密中の機密を握り、実質何一つ対価を払わないまま他を踊らせ、欲しいものを得る。そして……そのすべてはソフィーナにも秘されていた。

『王族の結婚なんてそんなものだ』

いつかのフェルドリックの言葉を思い返して、ソフィーナは唇を引き結んだ。そこが震える。

だが、自分だってそうじゃないか。ハイドランドの王位継承について、フェルドリックに隠してきた。今も言う気はない。彼を非難する権利はない。

（結局私の、私たちの『結婚』はそんなものだったということだわ……。想い合うどころか、信頼の欠片すらお互いに持っていない……）

「ソフィーナ」

「っ」

頬に指が触れる感覚に、現実に引き戻される。そして、その距離に息を詰めた。フェルドリックが無表情にこちらを見下ろしている。

既視感のある光景にまたぼうっとしていたと悟って、ソフィーナは動揺する。

「何を考えている」

「……何も。敢えて言うなら、兄の身の上です」

心配をしているかのように響く声と頬にあたるわずかな熱に、狼狽《ろうばい》がさらに強まった。

精一杯平静を装ったのに声が震えてしまう。

（違う、引っかかってはだめ。希望にすがって勝手に一人堕《お》ちていくだけじゃすまない。兄や優しいハイドランドの人たちまで危険にさらしてしまう）

その手と、金と緑の瞳から逃れようと、ソフィーナは俯き、後退った。

「……君が僕にいつも手を読まれて負ける理由を知っている？」

「私があなたに惚れているから、とでも仰るのでしょう」

一体なんの話を、と思ったが、話が逸れることを期待して彼の言葉に乗った。

落とした視線に彼の足が踏み込んでくるのが映る。先ほどやっとの思いでとった距離が再び縮まる。

「へえ、ようやくわかった訳？」

「でも外れです。本当に何も考えておりませんので」

腰に温かい感触が落ち、左頬が大きな手のひらに包み込まれた。泣きそうになる。

「もう一つ、可能性があると思わない？」

「……っ」

心臓が止まった。のぞき込んできたあの美しい瞳に視線が絡めとられる。まっすぐ、真剣に見つめられている――。

（っ、違う……っ）

また勝手な解釈をしようとしていると気づいて、ソフィーナは固く目を瞑るとフェルドリックから顔を背ける。

「ソフィーナ、こっちを見るんだ……目を開けろ」

いつもと同じ命令調。それなのに声が違う気がして、ソフィーナは目を閉じたまま、首を横に振った。それにどんな意味であろうと、どの道見てはいけないことだけはわかったから。

「ソフィーナ」

背後の腕がソフィーナをフェルドリックへと押しやる。直後、全身が熱に包み込まれて息を止めた。

「僕は、」

「……」

全身が無様なまでに震え出したのがわかった。なのに、止められない。耳をふさぎたいのに、凍りついたかのように体が動かない――。

「お待ちくださ――」

「先ほどといい、下賤《げせん》の分際で差し出がましい……っ」

扉の音とほぼ同時に響いたフォースン、そしてシャダ王女の怒鳴り声に硬直が解けた。

近づいてくる足音と、「フェルドリック殿下、ジェイウリットです。お会いしたくて……」という打って変わって愛らしい王女の声に、ソフィーナは目の前の胸板を押し返す。

「お客さま、です、殿下」

「……」

無言で離れていく熱と呼吸の音に、ソフィーナは詰めていた息を吐き出した。

（私らしいといえば本当に私らしいわ。どこまで馬鹿なのかしら……）

そう自身を嘲笑う。ドアに目を向けたフェルドリックにその顔を見られなかったこと、それだけが救いだった。

「ジェイゥリット殿下、ご連絡いただければ、手はずを整えて相応しくお迎えいたしますのに」

綻びのない笑みを浮かべて、フェルドリックはかの国の姫を迎えた。その隙に息を吐き出して気を落ち着けると、ソフィーナも視線を彼女に向ける。

「まあ、お優しいご配慮」

シャダの姫はざっと室内を見回し、ソフィーナに向けて優越感をにじませた。

状況を見、ソフィーナと自分の扱いの差がわかったからだろう。急に呼ばれて慌ただしく訪れ、茶もないままハイドランド国王暗殺に伴う話をしていたソフィーナと、丁寧で優しい言葉をかけられるジェイゥリット。

「わたくしが殿下のお顔を拝見したかったんですの。朝お別れした時、殿下も名残を惜しんでくださったでしょう？」

フェルドリックへと艶っぽく微笑んでみせた後、彼女は意味深にソフィーナの反応をうかがう。彼女がカザックに来てから、フェルドリックがソフィーナの寝室を訪れる回数は減っている。ジェイゥリットの言葉はそれを踏まえてのソフィーナへの挑発と思って間違いないだろう。無駄なことを、と思う。

「朝の庭園はお気に召しましたか？　バラの香りは早朝が特に素晴らしい」

　フェルドリックの返事を聞くともなしに耳に入れつつ王女の背後を見れば、彼女の護衛についたというアレクサンダーが無表情に立っていた。その横には「うわぁ」とでも言いたげな顔をしたバードナーと、嫌そうに顔をしかめているジーラット。もう一人、見慣れない金髪の騎士もいる。

　ソフィーナの視線を追ったのか、ジェイゥリットはにぃっと音が立つように唇を歪ませた。

「お気づきになりまして、ソフィーナさま？　先ほどはすぐに立ち去ってしまわれたので、ご紹介もままなりませんでしたが」

　そう言いながら、自分の後ろにいるアレクサンダーを扇で指す。まるで物にするかのような仕草のせいだろう、彼の眉間が微妙に狭まった。

「フォルデリーク公爵家のアレクサンダー、わたくしの護衛です。わざわざ殿下自ら従弟のアレクサンダーをご推薦くださいましたの。あら、ごめんなさい。ソフィーナさまの護衛はその卑しい者たちでし――」

「――訂正なさい」

　この場の誰より早く、考えるより先に言葉が口を突いて出た。

「私の騎士に無礼な物言いは許しません」

(バードナーもジーラットも少し変わってはいるけれど、騎士らしく精神の高潔な、優しい人たちだ。その彼らを貶めることは許さない)

言葉が遮られるなど、考えたこともなかったのだろう、唖然とした後、徐々に顔を紅潮させていくジェイウリットの正面へとソフィーナは向き直った。

「あ、あんな下民のお味方をなさるのっ？　身分の卑しき者をそう申したまでのこ——」

「先ほどのフォースン・ゼ・ルバルゼへの発言といい、真に卑しきはあなたです」

他者を征する時は静かに、ただし断固として——母の言葉が守れているか、怒りと軽蔑が強すぎて心もとない。

「な、なんですって」

「大切なのは生まれではなく、何を成すか、成そうと努力しているかです。生まれや身分を除いた時、あなた自身に何が残るというの」

「……っ、フェルドリック殿下、お聞きになりまして？　今ソフィーナさまがわたくしを侮辱なさ——」

「大丈夫。残るものをただお話しなさればいいだけです。ない訳がない——そうでしょう？　古語による神讃歌《さんか》の暗誦《あんしょう》などいかがですか？　そうでなくても、創世紀などをその美しい声で諂っていただければ、皆納得するでしょう」

屈辱のために顔色を失ったシャダの姫にすがるように見られ、フェルドリックは優しく、安心させるように微笑んだ。が、生憎とフォローには失敗したらしい。

「……こ、このような下賤どもに聞かせるなど、もったいなくて」

頬をひくつかせたジェイゥリットは、不機嫌を露わにソフィーナから顔を背けた。

(下賤だのなんだのと性懲りもなく……)

思わずジェイゥリットを睨めば、その向こうに目が行った。

ソフィーナと目が合ったジーラットはにっこり笑い、そのまま嬉しそうに横のアレクサンダーを見上げた。フォースンはなぜか眼鏡を外して目元を拭っているし、バードナーにいたっては、腕を曲げて「よくやった」的な合図を送ってきて……。

(今謂《い》われなく侮辱されたのは、あなたたちでしょうに……)

呆れたけれど、同時に温かい気持ちが広がった。勇気づけられる。

「では、殿下、ご機嫌よう」

フェルドリックに礼をとって踵を返すと、目線でジェイゥリットを脇に退け、退出していく。

「ソフィーナ」

「……」

名を呼ばれて振り返ろうか迷って、結局――。

「……失礼いたします」

そういう未練がましさが現況を作り出したのだと思い至って、逃げるように足を前へと動かした。

＊　＊　＊

「アンナ、お願い」

窓もドアも固く閉め、人払いした私室で、ソフィーナはアンナに懇願する。

風の動きがなくなった室内の空気はとても暑く、これまでの話の内容と相まってひどく重苦しい。

緊張した面持ちで話を聞き始めたアンナは、ハイドランド王ウリム二世の暗殺を聞いて、倒れるのではないかというぐらい蒼褪めた。そして、最後にソフィーナの頼み事を聞いて震え出す。

「ですが、姫さま、それはあまりに……」

悲愴な顔をして、アンナはドレスのスカートをぎゅっと握り締めた。

「アンナ、もうそれしかないの。アンナには本当に悪いと思っているわ。ごめんなさいで済まされることではないけれど……」

「っ、違います。いいのです、私のことなどはっ。姫さまのことです……っ」

たった一人、ここまではるばるついてきてくれたソフィーナの乳妹。誰が何を言おうとひたすらソフィーナを信じてくれて、我が身を顧みず全力で支えようとしてくれる優しい人だ。ソフィーナが大事に、大事に思う人の一人。

ハイドランド王族としての義務、そして、ソフィーナ自身の望みを叶えるために、その彼女に今ひどい犠牲を強いようとしている。最低だと知っていてなお、ソフィーナはどうしてもあそこに住んでいる人たちを、兄を助けたい。

「大丈夫、こんな時にこそこの地味な顔が役に立つと思うの。それに護衛の二人のおかげで結構世間慣れしたし、フォースンだって色々教えてくれたわ」

ソフィーナをあれこれ連れ回し、カザック王宮と街、そしてそこで暮らす人々を見せたり、教えてくれたりした三人。この結婚も悪いことばかりではなかった、そう思わせてくれた。

他にもたくさんいる。アイスクリーム屋の夫妻、衣料品店の女主人、孤児院長と子供たち、運河の浚渫に知恵を絞ってくれた港湾業や船会社の親方たち、水利権を巡る争いで自分たちの利益と他者の生活で悩みながら妥協点を探ってくれた農家の人々、中等・高等学校に寄宿舎を作りたいという話に耳を傾けてアドバイスをくれた校長と教諭たち、知らない南の果物に目を丸くしたソフィーナに、笑って試食を分けてくれた八百屋のご老体、初めて入ったカフェでどうすればいいかわからずに戸惑っていたら、笑いながら案内してくれた給仕の若い女性、故郷を恋しがるソフィーナのためにハイドランドの食事を勉強してくれた料理長、かわいらしい花を毎日届けてくれる庭師、知らないことを調べにふらっと図書館を訪れるたびに、嫌な顔一つせず教示してくださる老博士、ソフィーナが発したお礼を顔をくしゃくしゃにして喜んでくれた誰かの従僕、仕事のコツを語ってくれた洗濯係の老女……。

祖国の人ではないけれど、皆温かい人たちだった。彼らを裏切ることになる——それが悲しいけれど……。

「お願い、兄とハイドランドの皆を助けたいの。今、シャダに国を乗っ取られたら、この冬を越せない。たくさんの人が死ぬわ」

「姫さま……でも、もう姫さまはカザックの、フェルドリックさまのお妃さまにおなりで、せっかくここで幸せに暮らしておいでなのに……」

頑として首を縦に振ろうとしないアンナに、ソフィーナはこぶしを握り締めると首を横に振った。

「姫、さま……？」

（ごめんね、アンナ。優しいあなたが私個人を大事に思ってくれる気持ちにつけ込むことになるけれど……）

「アンナ、私と殿下は言われているような仲じゃないわ。殿下は私じゃなくて、ハイドランドの王太子の補佐に興味を持っただけ。愛されているなんて、寵姫なんて真っ赤な嘘なの」

「……何、を、仰っているのですか……」

「本当よ。夜殿下が部屋にいらしたって、国政の話をしながらオテレットをしているだけ。そんな関係になったことだってないの」

「ひめ、さま……？」

真っ白な顔で自分を凝視するアンナの手を握り締め、ソフィーナはさらに言い募る。

「一生そうだと約束したの。そうしてほしいと頼んだの。そうでなければ耐えられないと思ったから。そして、殿下は……それを受け入れた」

（自分がした提案を承諾されて凹むって、私、本当に救いがたい……）

痛みを隠して、「お世継ぎは私ではない別の方が産む——そう決まっているの」と告げれば、アンナの眉根が寄り、唇が震え出した。

「っ、姫、さ……」

泣き出したアンナを抱きしめて、ソフィーナは固く閉めた窓の外を見る。

「半日でいいの」

小さく見える北の、故郷の方角の夜空は重苦しい雲に覆われていて、ソフィーナは唇を引き結んだ。

——三日後の早朝。

「ソフィーナさま、ジェイウリット殿下からお茶のお誘いが……」

(思ったより早い……)

机の前でカザレナ西区の再開発に関する資料を見ていたソフィーナは、青い顔をしたアンナに微笑む。

「お受けして」

アンナの表情が悲愴なものに変わった。傍らでは、バードナーとジーラットが厳しい顔つきでこちらを見ている。

「頼りにしているわ」

その二人に微笑むと、彼らはじぃっとソフィーナを見つめた後、静かに頷いた。

ソフィーナは机の上の書類にざっと目を通す。

(片づけてしまえるものはこれとこれ、あとはこれも。片づけられないものは……)

分類を終えてペンを取り、一つずつ着実に仕上げていく。そして、終わらないものには丁寧にメモを残した。

第四章

「ようこそおいでくださいました」

「お招きにあずかりまして」

呼び出された場所は王宮のごく近く、カザレナ王朝時代のシャダの大使館だった。カザック朝が興って断交した後はカザック王国に押収され、催し物などに使われていると聞く。

通された中庭では四季咲きのバラの花が咲き乱れ、その間を色とりどりの蝶が飛び交っていた。中央に設《しつら》えられた茶席はシャダの様式だ。

出迎えたジェイウリットの後ろには、彼女が自国から率いてきた侍女たちとアレクサンダー、金色の髪の騎士がいる。

「ああ、こちら、私の護衛をしているジュリアン・セント・ミレイヌです。ミレイヌ侯爵の弟なのですって。先日は紹介し損ねてしまいましたが」

性懲りもなく、再び蔑みの視線でバードナーとジーラットを見る彼女の性根に嫌気が差す。が、紹介されたほうの騎士が一瞬だけ不快そうにジェイウリットを見たことで、内心を押し殺して微笑むことができた。彼もカザックの騎士ということなのだろう。

周囲には彼らの他、シャダからの従者と旧王朝に縁の深いカザレナの貴族たち――いずれも現王朝で不遇を託っている者たちだ。やはりというべきか、ロンデール、ホーセルン、フォルデリークに連なる者はいない。三大公爵家は情勢を見極めるまで軽々しく動かないのだろう。

（考えの浅い人間の集まり……ならば、仕掛けてくるのは今日）

親しくもないソフィーナに直接、しかも当日朝に招待を出してきたのも、警護を固める時間を与えないためなのだろう。ソフィーナが断ったらどうするつもりだったのか、実にずさんだ。

周囲に何かあるはず、と思ってバードナーを見れば、既に彼は鋭い顔つきで四方へと目を走らせていた。そして、ソフィーナの視線に気づき、頷く。いつもニコニコしている彼の意外な面をまた見つけた気がする。

ソフィーナはジーラットのエスコートで定められた席に向かった。

彼はソフィーナの手を取り、いつも以上に甘やかに微笑んで椅子を引く。いつもながら、こういう時の彼の所作は、思わず見惚れてしまうほどに優雅だ。

「どうぞ――麗しの我が妃殿下」

そうして着席を促すとソフィーナの横に膝を落とし、心配そうに顔をのぞき込んできた。風で頬にかかった横髪を肌に触れないよう、丁寧に耳にかけてくれる。

「暑くはありませんか？　凛冽《りんれつ》たる極夜に舞い降りる六花をカザレナの炎陽も焦がれましょう」

（創世紀の一節だわ、私が北国の出なことにかけた……カザックの騎士ってそんなことまでするのね）

感心と呆れを覚えつつ、冬夜に現れた太陽を身を挺《てい》して遮り、冬の女神を救ったのは、とソフィーナは余裕を見せて微笑んだ。

「わたくしの司雲のグレミアはいずこ？」

物語の続きで応じれば、ジーラットは目の端で笑った。

「片時も離れずお側に。我が身霧消しようとも、妃殿下の盾となりましょう」

そして、ソフィーナの手の甲に優しく口づけを落とした。

（こういうとこ、茶目っ気があるのよね）

おそらくジーラットは、先日のジェイゥリットとフェルドリックのやり取りを聞いて、彼女には高位貴族の子女に求められる教養がないとみなした。で、仕返しに利用した訳だ。

彼は自分のためには怒らない。自分たちが下賤と侮られることで、ソフィーナが貶められることを怒ってくれているのだろう。

周り全員が呆《ほう》けたように、ジーラットとソフィーナのやり取りを見つめている。特に年頃の女性たちから、強い羨望を向けられるのを感じた。

皆と同様、信じられないものを見るようだったジェイゥリットが、一番先に我を取り戻したらしい。歯噛みする音が聞こえてくる。

「……」

その彼女にソフィーナは微笑みかけた。緊張で手に汗がにじんでいることを知られないで済むよう、内心で祈りながら。


表面だけを取り繕った茶会が始まって三十分ほど経った頃、それは起こった。

「っ」

給仕していた者が、ソフィーナへといきなりナイフを走らせる。息をのんだソフィーナをジーラットが抱き寄せ、直後に目の前に血飛沫《ちしぶき》の幕が下りた。白いテーブルクロスに、赤い染みが飛び散る。

「きゃあっ」

「ひ、いや、いやあっ」

陶器の砕ける音に続いて悲鳴が響き渡った。

貴族たちの間やそこかしこの樹木の陰から、ナイフや剣を手にした刺客が出てきた。

たくさんの足音がソフィーナへと向かってくるのがわかった。そして、数名がジェイウリットに向かっていく。

覚悟していたつもりだったのに完全に硬直してしまったソフィーナを、ジーラットはバードナーに渡した。

「頼む」

「了解。妃殿下、俺から離れないでください」

ジーラットの平坦な声に、バードナーがやはり冷静に応えた。

庭園の左手にある屋敷の二階から人影が出てきた。息を止めたソフィーナに何かが飛んでくる。矢だ、と認識した瞬間に、バードナーがそれを剣で打ち落とした。

ほぼ同時に、射手に向かってジーラットが光る何かを投げつけた。ナイフの刺さった胸を押さえ、射手の体が入り口上のファサードに落ちる。

「ひめさま……っ」

背後に控え、いざとなったら隠れるよう言われていたアンナが、走り出てきてソフィーナに覆いかぶさった。

アンナの腕とバードナーの背の向こうに見えるジーラットが、人に囲まれてしまった。

(ジーラット……っ)

戦慄するソフィーナの視線の先で、彼は狭い空間の中、舞い踊るかのように動く。白刃の軌跡にわずかに遅れて、鮮血が噴き出した。同時に三名が地に崩れ落ち、彼が絶命させたのだと悟った。強いとは聞いていたけれど、と思わず呆然としてしまう。

ジェイゥリットへの刺客を早々に片づけたアレクサンダーが、ジーラットに加勢する。剣を受け止めようとする努力を嘲笑うかのように、彼はその短刀ごと刺客を叩き伏せ、「侵入者だ」と平静そのものの声を上げた。

「ひ、姫さまには指一本触れさせませんっ」

その二人をなんとかかいくぐった刺客が、ソフィーナに向かってくる。さらにきつくなったアンナの腕の間からソフィーナが見たのは、血走った目と獣めいた殺意。

全身が総毛立った瞬間、その男はバードナーによって喉を貫かれ、あっさりと退けられた。

「第八小隊、出口を封鎖」

「しらみつぶしに探せ、一人も逃がすな」

遠くに響く声とおびただしい足音。黒と銀の制服に、やはり騎士団がいた、と認識する頃には危険はすべて去っていた。

血まみれのジーラットの足元には十を優に越える遺体と、呻き声を上げる二名が転がっている。ジェイゥリットたちの前にはアレクサンダーと金髪の騎士がいて、遺体を前に剣についた血を拭っていた。

「出番があんまりないのも悲しい」

「不謹慎だなあ」

ジーラットはバードナーとそんな緊張感のないやり取りをしながら、刺客二名に猿《さる》轡《ぐつわ》を嚙ませ、手足をロープで縛り上げた。

「ますます強くなってないか……？」

「実戦でこそ圧倒的なんだ。急所を容赦なく攻撃できるからな」

「討ち合いより殺し合いってか……物騒な奴」

やはりどこか冷めた空気で、アレクサンダーが相方の騎士と話している。

慣れた様子の彼らを横目に、ソフィーナは目の前で繰り広げられた死のやり取りにひどく狼狽していた。

ジーラットの前の遺体から、音もなく赤い海が広がっていく。生々しいその血溜まりから生存本能が忌避する臭いが漂ってくる。優しく、美しいジーラットたちの体は赤く染まり、同じ臭いがする。

血の中に倒れ伏したうちの一人の見開かれた目と視線が合って、ソフィーナは全身を震わせた。

（私も一歩間違えば、あんなふうに……）

理解しているつもりで、まったくだった。青みがかった顔のうつろな瞳がソフィーナを凝視している。

「……」

怖気《おぞけ》と共に、胃液がこみ上げてきた。

「ソフィーナさま、だいじょうぶ、です」

動揺で震える体を、自分自身震えているアンナが抱きしめてくれた。すがるようにその体を抱き返す。

「ソフィーナ妃殿下」

気遣うようなバードナーの声に、絶命した刺客の濁った瞳からなんとか視線を引きはがせば、ジェイウッリットが周囲の者たちと身を寄せ合い、顔を覆って泣いているのが目に入った。

「……っ」

泣き崩れる彼女を見るうちに、激情としか形容できないものがこみ上げてきて、ソフィーナは頭に血を上らせた。ジェイウッリットが事情を知らなかったはずはない。自分たちの欲望のまま、父を、兄を、ソフィーナを殺し、ハイドランドを、フェルドリックを手に入れようとする。そのためにこんなふうに人を死なす――。

人をなんだと思っているの、と詰ってやろうと口を開いたが、すぐに噤んだ。

（シャダがこうである以上、もしこの先私が仕損じれば、失敗すれば、さらにたくさんの人が死ぬ――）

「っ」

そう悟った瞬間、全身が粟立《あわだ》った。プレッシャーと混乱が瞬時に湧き上がってきて恐怖で取り乱しそうになるのを、全身全霊をかけて抑えつける。

「そっちの刺客、明らかに素人臭かったのに、泣く必要あります？」

相変わらず顔を覆って蹲るジェイゥリットに、ジーラットが「事切れる前に、『話が違う』って言ってましたよ」と冷たい目を向けた。

手のひらの向こうで彼女が一瞬恐ろしい形相を見せたことに彼も気づいたのだろう。

「さて、この死に損ない二人から何が聞き出せるのか。楽しみですね、主催者殿」

と攻撃的に吐き捨てた。

「戻りましょう、ソフィーナさま。アンナさんももう大丈夫ですから」

バードナーが安心させるように微笑みかけてくれた。その横にやってきたジーラットも、さっきとは別人のように気遣いに満ちた、優しい顔をしている。

「……」

二人を前に涙腺が緩んだ。向こうにいるアレクサンダーが心配そうにこちらを見ていることにも気づいたら、視界がにじみ出す。

「――無事か」

だが、聞こえてきたその声に、ソフィーナの感情は停止した。

アレクサンダーとミレイヌが脇に退いて目に入ったのは、中庭をこちらへとまっすぐ駆けてくるフェルドリックだった。

（はし、ってる……）

驚きのあまり、溢れそうになっていた涙が止まる。これまで仮面をかぶって優雅にふるまう姿か、冷めた顔で毒を吐く姿しか見たことがなかった。

「フェルドリックさまっ、怖かったっ」

駆け出していって泣きながら抱きつくジェイウリットと、その彼女を丁寧に抱き留めたフェルドリックに、チクリと胸が軋んだ。

即座に感情のすべてに蓋をする。泣くこともできなくなったけれど、むしろ好都合だと自分に言い聞かせる。

「……部屋に戻りましょう、妃殿下」

同じ光景を見ながら無表情に言ったジーラットは、ソフィーナと目が合ってまたなだめるかのように柔らかく笑ってくれた。

「……」

彼のその顔にまた涙が込み上げてくる。

「わっ」

「部屋までそれをかぶっていけ」

アレクサンダーが上着を脱いで、血まみれのジーラットにばさりとかけた。それからハンカチを取り出してその顔を拭い、何事かを囁いて頭をぐしゃぐしゃと撫でた。

（ああ、やっぱり仲がいいのね。ジーラットならあのアレクサンダーが優しい顔をしているのも不思議じゃないわ）

近寄ってくる気配から意識を逸らしたくて彼らを見ていたのに、結局目の前にやってこられてしまって逃げられなくなった。

「ソフィーナ、怪我は」

「……ありません」

フェルドリックからかけられた言葉は、ひどく優しく聞こえた。ぎゅっと身をすくませて、顔を見ないように応《いら》えを返す。

（心配しているような声をかけないで。喜んだところで突き落とすくせに）

「ひどい顔色だ」

（それ以上側に寄らないで。温かみを知らしめてから冷たさを思い知らせるくせに）

「ええ、さすがに気分がすぐれないので、御前、失礼いたします」

顔に向けて伸びてきた手から、身を引いて逃れる。

「ソフィーナ」

（顔を見てはだめ、いつだってそうやって間違いを犯してきたのだから）

「フェルドリック殿下。わたくし、怖くて……」

ジェイゥリットの声にソフィーナは胸を撫で下ろした。胸に走る痛みは、いつものごとく気づかないふりをしてやり過ごす。

「私は大丈夫です。申し訳ないのですが、後をお願いいたします」

そうして、フェルドリックの顔を見ないまま礼をとり、ソフィーナはジーラットとバードナー、アンナと共に部屋に戻った。


「少し疲れたから休むわ。二人とも今日はありがとう」

――今日だけじゃなくて、本当はこれまでのこと全部にお礼を言いたいのだけれど。

心配そうな顔を向けてくる騎士の二人に礼を言うと、ソフィーナは怯えたようなそぶりでしばらくそっとしておいてほしいと告げ、彼らを遠ざけた。

部屋にこもると、悲愴な顔をしたアンナと服を取り換え、街歩きのためにカザレナの雑貨屋で購入した財布を持った。あらかじめ壊してばらしておいた装飾品の目立たない部分だけをポケットに突っ込んで時計を見れば、ちょうど昼の終わり。

城で働く者たちの目が行き届きにくくなるその時間につけ入り、ソフィーナは静かにカザック王城を抜け出した。

＊　＊　＊

──ソフィーナが消えた。

まだ確証はとれていないという。だが、あのソフィーナだ。すべてを計算し、その上で他者の思考の裏をかいて逃げるぐらいのことはするとフェルドリックは確信していた。

(どこまで馬鹿なんだ、もう少し大人しくしていればいいものを)

フェルドリックは走り出したい衝動を抑え、足早に渡り廊下を歩く。背後から追いかけてくるのはヘンリック・バードナー、ソフィーナの護衛だ。彼女が城を出たのでは、と知らせが来た時、その場に居合わせた。

(フィルは騎士団か……)

あいつすら予想できないことをするなんて──。

奥歯がギリッと音を立てた。

使いは既に出した。連絡が届きさえすれば、大丈夫、必ず見つけるはずだ。そして確実に守ってくれる──約束通りに。

ソフィーナの居住棟の出入り口には、普段同様、警護の近衛騎士が詰めていた。彼らはフェルドリックを認めるなり、緊張を露わに礼をとり、恭しく扉を開く。いつも通りの悠長さと、ソフィーナが出ていったことに気づきもしていない無能さに内心苛つくも、表には出せない。苦々しい思いで内部へと足を踏み入れる。

「すみません、真っ青なお顔でしばらく人を遠ざけてほしいと。血まみれだったのもあって、俺たちのことも怖がっていらっしゃるように見えて……」

ヘンリックの言葉通り、棟内はいつも以上に人気がなかった。刺客が紛れ込むのを防ぐために、元々ここへの出入りを絞っていた。性格も穏やかで思いやりのある人間ばかり――そこを彼女に逆手に取られたのだ。つくづく油断ならない。

急ぎ歩くうちに周囲に違和感を覚えて、フェルドリックは顔を歪めた。

あの晩以降、彼女を避けていた間に調度品が変わったのだろう。それに気づくほど通い詰めていたのだ、と自覚してしまう。当初は申し訳程度に通っておけばいいと思っていたのに、どこまでも腹立たしい。

上階への階段に入ったところで、いつになく口数の少なかったヘンリックが「確認させてください」とおもむろに口を開いた。

「なぜ騎士団ではなく、フィルへの連絡なんですか。先ほど殿下が使いを言いつけたあの男性、『殿下個人についている方』ですよね。侍従の物腰じゃない」

フェルドリックは目を眇め、視線を横に走らせる。黙らせる意図あってのことだが、ヘンリックは気にする素振り一つなく、「殿下は今、個人のお考えで動いていらっしゃる」と見つめ返してきた。

「同じことだ。これまで私は私の考え通りに国を動かしてきた」

「同じなら騎士団でいいでしょう。…………妃殿下をどう扱うおつもりですか」

彼の声が微妙に低くなったことを感じ取りつつ、フェルドリックは「好きにすればいい」とそっけなく答えた。階段を取り巻く壁に足音と互いの声が反響して、ひどく耳障りだ。

「好きに、ねえ。そのわりに焦ってません？　妃殿下が城を出たことも隠そうとしてらっしゃるし」

「……まだ暗殺の危険がある。それに仮にも王族同士の結婚だ。別れるにもそれなりのことがいる。踏むべき手順を踏んでいない」

「……へ？　別れる？」

ぱっくり口を開けた彼に、苛つきが限界に達した。

「そもそも結婚すべきじゃなかったんだ、あんなのと」

剣呑に返せば、足音に混ざって大きなため息が聞こえた。

「『結婚すべきじゃなかった、あんなに自分を嫌っているソフィーナさまと』ってところですかね――あなたはいつも言葉が足りない」

「……」

静かな声にぴたりと足を止めると、フェルドリックは二段下にいる茶色いまなざしを睨みつけた。

「あの時の白い花もそうだ。清楚《せいそ》で控えめで優しい、どんな花とも調和して相手の存在を引き立てる――ソフィーナさまそっくりの花ですよね。まさに『お似合い』……それ、ちゃんと口にしましたか？　それでいてなお殿下はあのチューリップのほうが彼女に似合うと思った、その理由は？」

「……随分と雄弁だな」

「なぜソフィーナさまとだったら、人目を引かないか。彼女だけがあなたに素で接してくれるからですよね。地位も見た目も関係なく中身を見てくれて、落ち着いた空気でいられる、いてくれる。人の見てくれではなく本質を見ようとする彼女は、その意味であなたととても似ていて『釣り合う』。どうせそれも伝えていないんでしょう」

「……」

嫌みにも睨みにも彼は怯えることなく、「まあ、量だけじゃなくて、言葉の選択もタイミングもいっそ感動したくなるぐらい最悪ですけど」と肩をすくめた。

「相方と似てきたな」

「これぐらいふてぶてしくならないとやっていられないと、俺もようやく気づきました」

にこりと笑ったことで、彼の元々柔和な顔立ちがさらに強調された。

無礼と咎めるのも億劫《おっくう》になって、フェルドリックは眉間を強く寄せたまま、再び階段を上り始める。

「まあ、ソフィーナさまもソフィーナさまですけどね。話し合いも交渉もなしに飛び出す、しかも暗殺されかかった直後に……。思い切りのいい方だとは思ってましたけど、国のためにここまで無茶しますか、普通」

一抹の呆れと心配を含んだヘンリックの憂い声に、フェルドリックはついに息を吐き出した。

「国じゃない。人だ。彼女の母親がそういう人で、その娘の彼女も昔からそうだった」

フェルドリックが先に出会ったのは、彼女の母親のほうだ。メリーベル・アーソニア・セ・ハイドランド——とても美しい人だった。

七年前、初夏のオーセリンで開かれた、捕虜の取り扱いに関する会議。その前の晩の歓迎会で、フェルドリックは初めてその人と対面した。

彼女がこの会議に出ると聞いた父であるカザック王がわざわざ「自分の目でどんな人間か、見てこい」とフェルドリックに告げ、祖父が「王の器だ、実の王以上にな」と手放しで称賛した人。

背筋がすっと伸びているが、身長自体は高くも低くもない。だが、その堂々とした佇《たたず》まいのせいか、そこにいるだけで人目を引く。では、居丈高かと言われれば、真逆。

元々平凡だっただろう造りの顔には笑みの形に皺が刻まれていて、優しい印象を受ける。内心を読まれないためには無表情より何より笑顔が一番適しているからか、王やそれに類する立場の者にその手の表情が染みつくことは珍しくない。だが、メリーベルに関していえば、そういった胡散臭い笑顔ゆえの顔つきではないように思えた。

「初めまして、メリーベル・アーソニア・セ・ハイドランド王后陛下。フェルドリック・シルニア・カザックと申します」

「初めまして。こういった場でお目にかかれるようになったことを、本当に嬉しく思います、カザック王太子殿下。カザック王・王后両陛下、そして、建国王陛下はご健勝であらせられますか」

「はい、三人ともつつがなく」

今や大陸で敵なしになりつつある自国の名を出して挨拶をした時の彼女の反応も、その印象の正しさを裏打ちした。

フェルドリックの立場を知っていて、かつこちらの顔をしかと確認しているのに、彼女は警戒も媚びも見せず、初めて国際会議に出たフェルドリックに対する温かみのある言葉を返してきた。社交の儀礼の範疇を越え、尊敬を垣間見せながら引退して久しい祖父に触れる。

人を交えて話し出してからは、その頭のきれに舌を巻いた。

話題の豊富さ、それぞれに対する造詣の深さ、気遣い、触れてよい話題の見極め、逆の場合の遠ざかりよう、場の作り方、悪意を持つ者へのさりげない釘《くぎ》の刺し方――どれをとっても完璧としか言いようがない。

口数は決して多くなく、口調も身振りも大人しいにもかかわらず、誰にも気づかせずに場の主導権を握る。特徴的なのは、そこに嫌な緊張感を生じさせないことだった。

そのせいだろう、彼女の周囲には人が常に集まっている。それも本来社交を好まない気難しい各国元首や貴族、高官ばかり。

そちら側にいたいのに、見てくればかり気にかける頭の悪い連中に囲まれるフェルドリックとしては、うらやましい限りだった。隙を作らないようにしているのに、強引に話題が婚約に向けられるのも鬱陶しくて仕方がない。

「フェルドリック殿下もお困りでしょうから、その辺で。公にしていないだけで内々に結ばれている婚約というのは珍しい話でもありませんし」

フェルドリックの内心の苛つきに気づいたのか、父方の従兄弟《いとこ》でもあるオーセリンの王子から助け舟が出される。

「そういえば、幼馴染の伯爵令嬢と、とお伺いしたことがあります。病弱でいらっしゃるとも」

「少なくとも病弱ではありませんね」

（――病弱？　そいつは親に勘当された挙げ句、男のふりして騎士団に入って、何十人も殺した盗賊を返り討ちにしたり、剣技大会で圧勝してナシュアナに派手に忠誠を捧《ささ》げてみたり、好き勝手に生きてるよ）

『誰も生まれる場所を選べません。育つ環境も多くの場合は選べない。それでも必死に生きていくんです』

『だからこの先は私の意志です。私がそうしたいと、そう在りたいと願った在り方です。それをあなたが愚かだと、不幸だと決めつけて蔑むことはできない』

脳裏に、射るようにこちらを睨む、幼馴染の濃い緑の瞳が思い浮かんだ瞬間、フェルドリックは目を眇めた。

英雄の孫として生まれて剣技の才能に恵まれた幼馴染と、カザックの王太子として申し分のない資質を持って生まれたフェルドリック――同じだったはずだ。期待されるまま生き、その期待に応えられてしまうことでさらに期待されて裏切れなくなり、雁字《がんじ》がらめになる、どうしようもなく滑稽な道化。

なのに、フェルドリックと違って、あれは周囲の期待を拒絶した。元の場所を捨て、アレックスを自分から取り上げ、自分の場所を自分で作ろうとみっともなく足掻《あが》いている――絶対にこっち側に引き戻してやる。あいつだけ自由なんて死んでも認めない。

「お従兄《にい》さま？」

うまく取り繕って微笑んだはずだったのに、憎悪がにじみ出た。何度もカザックを訪れていたせいで、従兄弟の中でも一際親しい従妹が気づき、怪訝な目を向けてきた。

失態を内心で舌打ちしながら、フェルドリックは彼女へと柔らかく微笑む。

「婚約といえば、チェイザはどうなんだい？　従兄上《あにうえ》も従姉上《あねうえ》たちも皆お相手が決まっただろう？」

「わ、私はアレクとの約束が……」

「カザックのフォルデリーク公爵家のアレクサンダー殿のことか？　子供の頃の、約束にもなっていない約束のことだろ……まだまだかわいいね、チェイザは」

「もうお兄さま、そんな意地悪を仰らないで！　だって、従妹のアレクサンドラさまとの婚約がなくなったら私との話を考えてとお願いして、頷いてくださったのよ。大分前に解消して、それからは誰ともご婚約なさってないって。ねえ、フェルドリック従兄さま」

「そうだね」

（――アレックスが前の婚約を解消したのは、あいつに惚れたからだけれど）

深く想い合っていながら、お互い隠し事があってうまく通じられない幼馴染二人の顔を思い浮かべて、フェルドリックは薄く笑った。

（恋だの愛だの、気色悪い妄想と本能の残滓《ざんし》でしかないもので人生を変える？　アレックスのあの部分だけは本気で理解できない。あいつが馬鹿なのは今に始まったことじゃないけど）

「誰かをそれほど想えるというのは特別なことだから、大事にするといいよ」

社交の参考にするために適当に流し読みした、どうしようもなく頭の悪い恋愛小説の行を口にし、フェルドリックは従妹王女に微笑みかける。

複雑な環境で育ちながらとことん能天気で、馬鹿としか思えないほど前向きな幼馴染、あいつをもう一度自分と同じ場所まで引きずり堕とすのに使えないか、と暗く考えながら。

「決して邪魔はいたしませんので、どうかお願いいたします」

翌日、会議の開かれる宮殿に入ったフェルドリックは、場に不釣り合いな幼い声を耳にした。

海を臨む議場の掃き出し窓は大きく開け放たれ、海鳥の鳴き声を乗せた潮風が入り込んでくる。陽光を反射する波のきらめきが目に痛いほどだった。

「しかし、子供が聞いていて面白いようなものではないことだし……」

「楽しみを求めてという訳ではもちろんありません」

目が明るさに慣れた。怪訝に思いながら声のほうに視線を向ければ、円卓の向こう側で出席者たちが困惑を露わにしている。その中心にいるのはハイドランド王后と――少女。年の頃は異母妹のナシュアナと同じくらいだ。

「……」

背筋をピンと伸ばし、まっすぐ相手を見据えている。決意のうかがえる、その凛とした表情にフェルドリックの意識は吸い寄せられた。

「この会議は戦時に捕虜、つまりは民を保護する取り決めを目的としている。わかるかね、ハイドランド王女よ。我らは民のために国を代表してこの場にいるのだ。児戯ではない」

カザックの東南に位置するカルポの王が、尊大にもっともらしいセリフを口にしたことで、フェルドリックは彼に視線を移すと目を眇めた。

いまだに奴隷制度を持ち、同じ国の人間を含めた人身売買を許しているくせに、どの口が民のためなどと吐くのか、と内心で唾棄する。

「理解しております。だからこそ私はその場を見たいのです」

意地悪く、権高なカルポ王に一瞬だけ怯えを見せた小さな少女は、両脇でこぶしを握り締めた。

「せ、戦争は、往々にして私たち権力者の怠慢や力不足、利己主義によって起きると、学びました。その犠牲になるのはいつも民衆だということも。それを避けるためにどうするべきか、私なりに考えたいです」

（――なるほどあれが賢后の娘か。確かソフィーナ）

ハイドランドには二人王女がいる。あの国の救いがたい愚王はどこの誰とも知れぬ妾を迎え、悪趣味なことに正后であるメリーベルとほぼ同時期に娘を産ませたはずだが、間違ってもそちらではなさそうだ。

決意を秘めた顔でまっすぐ他国の王に向き合う少女を、メリーベルは静かに見ている。その目には信頼があった。

「なんだと？　我々を悪《あ》しき者のよ――」

「――行く末の楽しみな方ですね」

（十かそこらの子供に言い負かされた挙げ句、感情を振りかざす――やはり害悪でしかない。いずれ滅ぼしてやる）

顔を真っ赤にし、ソフィーナに詰め寄ろうとするカルポ王を、フェルドリックは穏やかに、だが断固として遮った。

「実に崇高で美しい願いです。民を想う我らの同志として、これほど心強い人はいない──皆さまにもご同意いただけるかと」

正式な会議に代表として出るのは自分も初めてだというのに、それを微塵《みじん》も感じさせないように微笑むと、フェルドリックはその場にいる代表たちを見渡す。

(あっさり引っかかるなよ、馬鹿どもが)

彼らが頷き、ソフィーナへと好意的な目を向け始めるのを見て、フェルドリックは内心で毒づく。ただ一人、ハイドランドの賢后だけは苦笑と共に、フェルドリックに目礼を送ってきた。

「ありがとうございます！」

その横にいる娘は、本気で嬉しそうにフェルドリックへと笑顔を見せた。

「礼などいらないよ」

「いいえ、船酔いしながらせっかくここまで来たのです。全部無駄になるところを救っていただいたのですもの、心からお礼申し上げます」

「……そう」

おかしな子だと思った。会議の主題は戦時の捕虜の取り扱いだ。目に見える益には繋がらない。何がそんなに彼女の興味を引くのか。

各国の首脳が集まる場を華やかだと思って憧れている？　だが、昨晩の歓迎会にこの子の姿はなかった。

結婚相手を探しに来たか？　こういう場に娘などを連れてくる人間は珍しくない。だが、賢后が十程度の少女にそんなことをさせるとも思えないし、何より少女の服装はごく地味で、化粧っ気もゼロだ。

（というか……）

礼を言うだけ言って、楽しそうに母親と話し始めた少女に、フェルドリックは瞬きを繰り返す。彼女はフェルドリックを見て、恥ずかしそうに顔を赤らめることも、目を潤ませることも、はしゃいで話し続けようとすることもなかったし、本能そのままに生きている幼馴染がかつてしたように、警戒を露わに後退っていくこともしなかった。


「面白かったかい？」

「は、はい」

内心でメリーベル他数名以外の全員を馬鹿にしつつ、会議をほぼ自分の思い通りに進めたフェルドリックは、終了後ソフィーナを見つけて声をかけた。

自らの言を守って静かに、だが熱心に会議に聞き入っていた妙な少女が、案の定肯定を返してきたことで、フェルドリックはつい笑いを零した。

「ふふ、変な子だなあ。小難しくて面白くなかったと言うのを期待していたのに」

「難しくはありましたけれど……でも勉強になりました」

「勉強が好きなのかい？」

少女と話す目的は、滅びを待つばかりだったハイドランドを再興させ、祖父すらも一目置く賢后メリーベルと繋ぎをつけておくこと。それ以外に何かあったとするなら、賢后が連れている珍しい生き物への興味だけだった。

だが――、

「好き、というほどでもないような気がしますけれど、賢くなれば、皆も幸せにできて、自分も幸せになれる、と」

その答えを聞いた瞬間、少女のくすんだ青色の目がフェルドリックの脳に鮮明に刻まれた。

てっきり王女としての模範回答が返ってくると思っていたのだ、「国民のために」的な。これまでのやり取りから、彼女は王女としての責務を果たすために自分を押し殺すことをフェルドリック同様受け入れているタイプの人間だと、思うともなしに思っていたから。だが、彼女はメリーベルの期待通り他人の幸せを考えつつ、はっきりと自分も幸せになりたいと口にした。

（そう、か、両方、か……）

真っ赤になりつつもまっすぐ自分を見つめてくる目には、強い意志が宿っている。

「……なるほど」

（やられた――）

フェルドリックは体の奥底から湧き上がってきた感情のまま笑うと、小さな茶色の頭に手を置く。そして、幼い頃、祖父やその親友がよくやってくれたように、そこをぐしゃぐしゃっと撫でた。

「……」

手の下で青灰色の目がまん丸くなり、耳の端まで赤くなる。視線を右往左往させ、メリーベルへと引きつった顔で助けを求める少女に、フェルドリックはくすりと声を漏らして笑う。ひどく愛らしい反応だった。

（大人びているかと思ったのに、こういうところは年相応なのか）

「ご息女に失礼いたしました。では、これにて。復路のご安全をお祈り申し上げます」

「娘を気にかけてくださってありがとう。あなたも気をつけて」

ソフィーナの母である賢后へと辞去のあいさつを入れ、フェルドリックはその場を後にした。

「随分とかわいらしい方でしたね」

「今はな。だが、ハイドランド賢后の娘で、あの年でそうとわかる聡明さだ――いずれ脅威になりかねない」

(確かハイドランドの太子セルシウスの教育は、メリーベルが担っていたはずだ。ならば、あの娘と共に注視しておかなくては――)

まだ見ぬ隣国の太子に思いを馳せつつ、護衛のロンデールとともに帰途に就く足は、オーセリンに入った時よりなぜか格段に軽くなっていた。

二年後、そのメリーベルが亡くなった。隣国の聡明な王后の早すぎる死と大きすぎる損失にフェルドリックのみならず父や祖父、そしてカザックの重臣たちも嘆き、悲しんだ。同時にハイドランドが不安定化し、カザックにも余波が来るのでは、と恐れた。

だが、大方の予想に反して、ハイドランドは踏みとどまる。

「どうやら太子のセルシウス・リニレ・キ・ハイドランドが、人並外れて優秀らしい。賢后の実子ではないと聞いていたが」

驚きを露わにする父たちの前で、フェルドリックは確信していた。優秀なのは彼だけではない、あの少女もだ、と。

　そこからさらに一年、隣国で開催された会議で、フェルドリックはソフィーナに再会した。会議の場での彼女は、亡きメリーベルそのものだった。まだ十五、緊張こそしているようだったが、外交上の礼儀を完璧に踏まえ、的確に要所を押さえて過不足なく主張すべきことを主張し、譲歩のタイミングと程度も申し分ない。何より、フェルドリックには彼女の主張する内容こそが好ましかった。ともすればいけ好かない権力者たちが歯牙にもかけない、名もなき民衆への思いやりに満ちていた。

「ソフィーナ殿下、先ほどの会議のお手並み、お見事でした」

「あ、ありがとうございます」

　会議終了後、あの少女がついに表舞台に出てきた、と警戒の中に一抹の感慨を抱いて話しかければ、彼女は困惑を露わに顔を引きつらせた。最初に出会った時にそっくり重なる素の表情に、思わず笑ってしまいそうになる。青灰の瞳も昔同様、綺麗に澄んでまっすぐだった。

「遅くなりましたが、母君であらせられるメリーベル賢后陛下のご逝去、心よりお悔やみを申し上げます」

「ご丁寧にありがとうございます」

　そうして以前のオーセリンでのことを話題に上げようとしたが、彼女の目に旧知の相手に対する親しみがない。それどころか、顔の引きつりさえなくなり、完全に外交用の仮面が張りついていた。それが意味するのは——警戒、だ。

「……」

微妙に自分が失望したことに気づき、咄嗟に二の句を見つけられなかった。

「フェルドリック殿下、無事条約締結の運びとなりそうで何よりですな。あなたのような世継ぎがおられるカザック国王陛下が実にうらやましい」

「お父さま、ご紹介を……」

「おお、すまない。殿下、こちらは私の娘の……」

時間にして数秒だったはずだが、その隙にどこぞの元首親子に話しかけられ、ふと気づいた時には、彼女はフェルドリックを囲む人垣の外に出てしまっていた。

その後も何度か顔を合わせたが、毎回そんな感じだった。

(まあ、外見にばかりこだわる馬鹿の集団になんか入りたくないか。会話一つとっても役に立たない上に退屈、自我がむき出しで醜いことすら珍しくない)

フェルドリック自身そうとしか思えないのだ。聡明な彼女が同じように思ってもまったく不思議ではない。その推察はオーセリン王族の結婚式の場で、彼女の異母姉に出会って確信に変わった。

「オーレリア・メルケ・キ・ハイドランドと申します。どうぞレリアとお呼びになって」

「初めまして。フェルドリックと申します」

「なぜかしら、初めてお目にかかった気がいたしません。ずっと存じ上げているような気がして……こんなことはフェルドリックさまにしか頼めませんの。兄も父も不在なのです。よろしければ、エスコートしてくださいませんか」

「お力添えしたいのは山々ですが、少々立て込んだ話を予定しております――ロンデール、代わりに」

元々フェルドリックは外見になど誰に対しても欠片の興味もない。重要なのは中身だと、見た目がいいだけで中身がどうしようもない自身や幼馴染を見て痛感していたからだ。長じるにつれてその考えには拍車がかかり、役に立たないどころか害悪になるとすら思うようになっている。

見た目だけを根拠に他者を見下すソフィーナの姉は、その考えを裏打ちするおぞましい存在でしかなかった。

(汚れ仕事や骨の折れる案件は兄と妹に押しつけ、華やかで楽しいだけの場にはあれを出すということか。太子の兄はともかく、彼女だって年頃だろうに)

オーレリアとハイドランド王に嫌悪を募らせると同時に、ソフィーナやその母のような人からすれば、フェルドリックも彼女の姉側の人間なのだろうと苦みと共に悟った。

そうして、フェルドリックはソフィーナのことを「警戒は要るが、場面によっては協力できる、有能な他国準元首」としか思わなくなっていった。

そんな状況が変わったのは、自分の縁談が本格化してのことだった。将来のカザック王后、即ち国の将来に関わると睨んで重臣たちが選んだ候補の中に、彼女の名があった。国もしくは家などの環境と、個人の能力と性格、国際情勢——まるで試験の点数をつけるかのように、彼女たちは客観化されていく。最終的に残ったのは、海洋諸国連合の第一王女とハイドランドのソフィーナだった。だが、ソフィーナには特大の秘密、王位の継承順位の問題があった。

面倒事を抱えたくなくて、海洋諸国連合を選ぶ予定だったのだ。「ソフィーナ殿下は国内公爵家の嫡男との話が進んでいる」という情報が駐ハイドランド大使からもたらされるまでは。幼い彼女を思い出して、幸せになればいいと確かに願ったのに、気づけばなぜか彼女に選択を変えていた。

父であるカザック国王に、

『ソフィーナ・フォイル・セ・ハイドランドの王位継承順位を、知っている「から」望むのか、知っていて「なお」望むのか——どちらだ』

そう問いただされてなお——。

ソフィーナと婚約する障害は他にもあった。兄妹《きようだい》愛もさることながら、王位の継承順位しかり国政の担い手しかり、兄であるセルシウスがソフィーナを国外にやる訳がない。案の定散々な妨害に出られ、フェルドリックも外交関係の臣下たちもひどく手こずらされた。

「狙うべきは己れが愚かなことを知る賢者より、己れが賢いと考える愚者だ」

そうして、フェルドリックはセルシウスの不在を狙って、彼らの父であるハイドランド王ウリム二世をまんまと罠にはめた。

残りはソフィーナその人――あれほどの人だ、敵に回せば厄介なことになる。彼女が自分を敬遠していることには気づいていたから、彼女を駒として確実に押さえるために、フェルドリックは自らハイドラントに赴いた。全力で猫をかぶり、うまく懐柔するつもりだった。

『恥ずかしながら、先の会議で一目惚れいたしました』

だが、姉の後ろに追いやられた上に無き者として扱われ、無表情に床に視線を落とした彼女を見、父王と姉に恥をかかせてやろうと咄嗟に嘘を吐き出したあの時、狂いは既に生じていたのだろう。

婚約披露の夜会を抜けて出た庭園でアレックスと話していたフェルドリックは、バラの茂みの陰から現れたのがソフィーナだと気づいた瞬間、頭が真っ白になった。後でアレックスに糾弾された通り、余計なことを言って怒らせ、挙げ句あの醜い姉姫を勧められて激怒し、どうしようもなく傷つけた。

世間が不相応だと言っている？　そんなでも王女？　一体どの口が言った。世間は何も見ていない。不相応なのも『そんな』呼ばわりされるべきもフェルドリックのほうだというのに――。

当然婚約はなくなるだろうと覚悟していたのに、それでもソフィーナはカザックにやってきた、彼女なりの決意を固めて、義務を果たすために。

だからこそフェルドリックは、彼女との関係をこれ以上悪化させないよう距離を保ちつつ、できることはする、できるだけ自由にさせてやる、と決めたのだ。

自分なんかに目をつけられたことへの同情という意味でも、面倒事を避けるという意味でも、そうして可能な限り快適に過ごしてくれたらいい。そう思っていた。

本当にそれだけだった。なのに……いつの間にかフェルドリックはソフィーナを目で追うようになっていた。

彼女は見込んでいた通り責任感が強くて、フェルドリック憎しで仕事をおざなりにすることも他者を振り回すこともない、思いやりのある人だった。

優しくて、嫌うフェルドリックの体調を気遣ってくることすら珍しくない。その一方で、媚びてくることはもちろん、媚びを求めてくることもなく、同じ目線と価値観で対等に話すこともできる。

いつも美しい、穏やかな表情を保っているが、本来はとても表情豊《ゆた》かな人なのだろう。人と話して、疑問があれば首を傾げ、からかわれた時は演技めかして怒ってみせ、いたずらでもしたかのような顔で首をすくめる。

主にフェルドリックに対してだが、眉をひそめ、鼻に皺を寄せ、こちらが目を離した隙には嫌そうな顔で舌を出したり、唇を横に広げて歯を出したりもする。

何より、彼女はよく笑う人だった。結婚祝いに城の前に集まった民衆を見ながら、アンナとたわいのない話をしながら、フォースンと仕事について話しながら、騎士たちの馬鹿さ加減に振り回されながら、料理長や庭師、洗濯係の老婆やどこぞの貴族の従僕と話し込みながら、カザレナの街明かりを見ながら……。

フェルドリックが見るのはいつも横顔だが、裏がないとわかる笑顔は見ていて悪くなくて、そのたびに海辺の会議場で見た、あの小さな少女を思い出した。

(王族なんかに生まれなかったら、ずっとこうやって笑っていられたんだろうな……)

彼女との時間を心地よく感じるようになると同時に、いつしかそんなふうに思うようになった。

そして、今は一緒にいてほしくないと思っている。

彼女のような人がなぜ嫌いな人間の横で、常に緊張を強いられて作り笑いを顔に張りつけ、人もどき共に命を狙われなければならないのか。

「っ、よく、なんか、ないっ、王女なんかに生まれなきゃ、私でも幸せに結婚したもの……っ」

そう言っていたのだ。なおのこと――。


「……彼女の母は早世した」

階段を出、ソフィーナの部屋に続く廊下を歩きながら、フェルドリックはヘンリックに向けて呟く。

「当然だ、嘘に埋め尽くされて、自由もなく義務と責任だけ膨大、常に緊張し、死の危険にさらされる――王族なんていいことは何もない。自分を押し殺し、人のためにひたすら耐えて、生きて、死ぬ、実にくだらない人生だ。優しくて責任感のある人間ほどひどい目に遭う。逃げる機会があるなら逃げればいい」

「そこ、そういうとこですよ。本当は逃げてほしくないけど、ってちゃんとつけ加えな――」

「いい加減だまれ」

ソフィーナの部屋の目の前にいる騎士団第七小隊長と騎士が、近づくフェルドリックを見、「殿下、ちょうどよいところに」と困惑を交えた厳しい顔を見せた。

「室内を確認しようとしているのですが、中に入れません」

「侍女殿が『妃殿下はお休みになっています』の一点張りで、妃殿下への不敬と仰って取りつく島もなく……」

「やりそうなことだ」

フェルドリックは息を吐き出すと、ノックもせず扉を押し開け、勝手に奥へと進んでいった。ヘンリックが続く。


「……ソフィーナさまはいらっしゃいません」

応接の間の中央に置かれたソファに見覚えのあるドレスを着て座っていたのは、ソフィーナの乳妹アンナだった。真っ白な顔でフェルドリックを見つめている。

「知っている」

「……知って、らした……？」

アンナが赤く染まった目を大きく見開いた。

「知っていた？　知っていて行かせた？　知っていながら……っ」

白かったアンナの肌が一瞬で真っ赤になる。目尻を吊り上げて顔を歪ませ、すさまじい形相でフェルドリックを睨みつける。

「急いでいる。知っていることを話してくれ」

「っ、お断りいたします。たとえ殺されるとしても」

「アンナ、」

「――仰ってました、愛されていないって」

「……」

虚を衝《つ》かれて、フェルドリックは息を止める。そのフェルドリックを見て、アンナは鼻に皺を寄せ、「だから、だから行ってしまわれた……っ」と大声を上げた。

そのままフェルドリックを睨み据えた彼女の両目から、ぼろっと涙が零れ落ちる。その瞬間、くしゃりと顔を歪ませて、アンナは「なんで……」と呟いた。

「なんで、ちゃんと伝わってないんですか、何をしていらしたんですかっ、ソフィーナさまをいつも目で追ってらしたじゃないですか……っ」

全身が戦慄いているせいだろう、声も震えている。

「花もドレスも宝飾品もぜんっぶソフィーナさまのために、殿下自らお選びになった物でしょうっ。行きたがっている場所に行けるよう、手配してくださったでしょうっ。護衛がジーラットさんやバードナーさんだったのも、体だけじゃない、ソフィーナさまの心を守ってくださるおつもりだったからっ。なのに……なのに、なんでまったく伝わってないの……っ」

ぐしゃぐしゃの顔のまま、アンナは泣き叫ぶ。

「なんで、なんであんなふうに思ってらっしゃるのっ、なんでもっと早く仰ってくださらなかったの……っ、なんで……なんで、私、気づけなかったの、ずっと、ずっとお側にいたのに……、きっとずっと悩んでいらしたのに……」

「……殿下」

嗚咽《おえつ》と共に泣き崩れたアンナの手元にヘンリックが鋭い目を注いでいる。視線を辿ればば、そこには小さなナイフが握られていた。

自決用だと悟って、フェルドリックは唇を引き結んだ。アンナと話しながら、柔らかく笑っていたソフィーナの姿が蘇る。

「アンナ、」

「お呼びにならないでくださいっ」

「ソフィーナのために協力してほしい」

「っ、今更っ」

「その通りだ。贖罪《しょくざい》にもならないが、何を引き換えにしても彼女は守る」

「……」

固く結んだ唇を戦慄かせ、悲愴な顔をするアンナから、フェルドリックは横のヘンリックに目線を移す。目が合った彼はもう一度じっとアンナを見つめてから、静かに下がっていった。

「彼女の望みを叶えたい」

扉が閉まる音を機に、フェルドリックは改めてソフィーナの乳妹に向き直った。

＊　＊　＊

（もう少し身を守る術を身につけておけばよかった。もし子供を授かることがあれば、息子だけでなく、娘にも剣術を習わせよう。いえ、むしろ女の子にこそ必要かもしれない）

「だめだよー、お姉ちゃん、こんなとこに入ってきちゃ」

「そーそ、変なのがいるからさ。あ、俺たちのことじゃないよ？」

ニヤニヤと笑う若い男が三人、ソフィーナを値踏みするように見ながら近寄ってくる。

離れていてもわかるほど酒臭い彼らを前に、ソフィーナは現実逃避気味にそんなことを考える。

夏の日は長い。陽はまだ高い位置にあるのに、ソフィーナが迷い込んだカザレナ北部の路地には光がうまく届かず、微妙に薄暗い。

「へえ、そこそこ綺麗な顔しててんじゃん」

「ああ、地味だけどな」

(皆同じことを言うわ)

そんなところが気になるのも、現実から逃避している証拠なのかもしれない。

「あの、人を待たせているので、そこをどいていただけませんか？」

緊張していることを悟られないよう、平静を装って頼んでみた。

待ち人が来ないとなれば、相手が探しに来る可能性がある。それを警戒してこの場を立ち去ってくれるのではないか。

「嫌だなあ、俺らが悪いことしてるみたいに」

「少しお話をしようって言ってるだけだって」

「……時間がありませんので」

生憎と効き目がなかったけれど、時間がないということだけは真実だった。一刻も早くカザレナから離れ、騎士の目が緩くなる場所まで行かなくてはいけない。

「幸い騎士もこの時間帯はいないし、ゆっくりできるよ？」

「あいつらうるせえからな」

その言葉にわずかに息を吐いた。彼らのような者もだが、騎士に見つかるほうが今のソフィーナにはまずい。城に連れ戻されれば、次の機会はない。

けれど、じりじりと包囲を狭めてくる男たちの品のない笑いに、背に冷たい汗が流れた。

「かわいくねえな、泣きもしねえ」

「そういう気の強いのがいいんじゃねえか。なあなあ、怒んないで、仲よくしようぜ」

「っ！」

腕を取られた瞬間、鳥肌が立った。同時に、屈辱的な扱いに頭に血が上る。

（気持ち悪い……っ）

嫌悪と怒りに任せて思いっきり腕を振り払えば、隙が生じた。踵を返して、人通りのある場所を目指して駆け出す。

（絶対にハイドランドに戻る、一刻も早く――）

建物の陰と間から差す強い西日の明暗がきつくて、視界がうまく効かない。焦りもあってもつれそうになる足を必死に動かした。息苦しさと情けなさで涙がにじんでくる。

「っ！」

「逃がさねえよ」

「残念」

だが、あと少しというところで、揶揄を含んだ声が響き、後ろから腕を捕らえられた。

顔から血の気が引く。

「たす、」

（ああ、だめだ、そんなことをしたら連れ戻される……）

遠くに見える人影に叫ぼうとして、ソフィーナは口を噤んだ。そのままずるずると引《ひ》き摺《ず》られていく。また暗がりに落ちていく。

こんなことをしている場合じゃない。もう少しでカザレナを抜けられる。

そうしたら街道沿いの最初の街で宿をとって、馬を買って、それから国境を越えて、兄を見つけて、兵を取り戻して、反乱した者を捕らえて、民が秋の収穫を安心して迎えられるように――。

「……っ」

引き結んだ唇が戦慄いた。

「っ、放しなさいっ」

「いーからいーから」

何度も振り払おうとするのに腕はびくともせず、さらに奥、すえた匂いのする物陰へと引っ張り込まれた。

「っ！」

両腕を頭上に上げさせられ、背後の壁に押さえつけられる。腕と背に走る痛みと侮辱以外の何物でもない扱いに、ソフィーナは目尻を吊り上げた。

「かわいくねえなあ、手荒にされたくなきゃ、いい子にしてろっての」

「っ」

顎を鷲摑《わしづか》みにされて、顔を無理やり正面に向けさせられたソフィーナは、こみ上げてきた激怒のまま目の前の男を睨みつける。濁った呼気を吹きかけられ、顔が歪んだ。

「やめとけやめとけ、大人しそうな顔して、気ぃ強えタイプだぜ？」

白けたように肩をすくめた別の男が、「そんなことより……」などと意味深に笑った。

その手が誰にも触れられたことのない場所へと伸びてくるのを見た瞬間、ソフィーナの頭は真っ白になった。

『変な子だなあ』

出会って七年、結婚してもう半年。

『まあ、いいや、君に欲情しろと言われても正直中々厳しいし』

本性をばらしてからは、対象外と露骨な態度を見せて、実際に一度も興味を示さなかった人。

『おいで、ソフィーナ』

『大丈夫、安心していい』

元々小指の先ほどしかなかった、女性としての自尊心を粉々にしたあの人が笑った顔を今思い出す――それが悔しい。

「いってえっ、この女、噛みつきやがったっ」

「暴れんじゃねえ、痛い目に遭いてぇのかっ」

「っ、私に触れるな……っ」

ソフィーナは暴れるだけ暴れ、叫ぶ。

(わかっている、オテレットやメスケルだけじゃない。私はきっとあの人に一生勝てない。だって……)

『僕に惚れているんだろう？』

(だって、好き、なんだもの――)

悔しいけど、腹が立つけど、馬鹿だと思うけど、それでも。

全然理想じゃなくて、最悪な性格だと知っていて、いっぱい傷つけられて、自分でも不思議だと思うけれど、それでも好きなのだ、彼が。

目の前の男たちを凝視する目から、ぼろぼろと涙が零れ落ちる。

(ごめんなさい、お母さま。あれほど感情をちゃんとコントロールしなさいって仰っていたのに、できないの。それでも、思い通りには絶対にならないから、だから、だから、許して――)

「ちっ、つけ上がりやがって」

振り上がるこぶしに身を固くしながらも、ソフィーナは相手の目をぎっと睨み据えた。

「暴力で人の心を屈従できると思うな……っ」

あの人に絶対に報われない片思いをしていると認めて？　知らない男たちにこんな扱いを受けて？

――それでも私の心は私のものだ。

相手が誰だろうと、何をされようと、絶対に心の主導権だけは渡さない。誰の言いなりにもならない。

「少し痛い目に遭えばわかるだろ、なあっ」

「っ」

振り下ろされるこぶしに反射で目を瞑った瞬間。

「――お前たちがな」

怒気をはらんだ低い声と共に打撃音が響き、男が横に吹っ飛んだ。

「……」

背後からの日に照らされて、フードの陰になった顔はよく見えない。けれど、別の男に殴りかかられてその人が身をかわした瞬間、一瞬だけ深い緑の目が垣間《かいま》見えた。

「………ジ、ラット……」

あれほど苛烈で綺麗な瞳が他にある訳がない、とソフィーナは蒼褪める。

（ああ、どうしよう、捕まってしまう、逃げなくては……）

そう思うのに、足が震えてしまってうまく動けず、あまつさえへたり込んでしまった。

焦るソフィーナの目の前で、ジーラットはあっさりと、けれどひどく手荒に男たちを片づけてしまった。

「やっと追いついた……って、うわ、また派手に……」

「ソフィーナさまに触れていた。殺しても飽き足りない。ああ、いいことを思いついた、歯も折ってやろう。二度と品のない言葉を吐けないように」

「……十五枚目だよ、やめとけってば。俺までとばっちりを喰《く》らうんだぞ？」

「十四が十五になったからなんだっていうんだ。つき合え、友よ。世のためだ」

「そんな友情は嫌だ」

バードナーまでやってきて、ジーラットをなだめ始めた。絶望が広がっていく。

「…………お願い、見逃して」

静かになった路地に響いたソフィーナの掠れ声に、失神した男の襟首をつかみ上げていたジーラットが眉をひそめながら振り返った。バードナーもこちらを見ている。

「このまま行かせて、お願い」

唇を湿らせ、再度懇願を口にする。地についた手をぎゅっと握りしめれば、爪に土が食い込んだ。

「兄を助けたいの。ハイドランドの土地は、カザックよりはるかに貧しいの。兄でなければ、皆苦しむ。たくさんの人が死ぬことになるの」

「お願い……優しい人たちなの、私なんかを頼って、慕ってくれたのよ、見捨てられない」

二人を見つめながら、ソフィーナは必死に言い募った。

「はい」

「っ、おい、フィ…………って、そういう奴だった」

（……え？）

あっさり頷いたジーラットとその横で肩を落としたバードナーに、目を見開く。

（今、彼は「はい」と言った……？）

ソフィーナは、おそらくとんでもなく間抜けな顔をしていたと思う。

「ですが、条件があります」

だが、そう続けたジーラットに一瞬で我に返った。いざとなれば二人から逃げ出せるように身構える。

ジーラットは頭を覆っているフードを取り払うと、ソフィーナに向き直った。傾いた陽光を受けて光る緑の瞳はやはりひどく美しい。

「私も行きます」

「…………え？」

ワタシモイキマス――咄嗟に理解できなかった。ソフィーナはただただジーラットの目を見つめる。

「ですから、私も妃殿下と一緒に行きます」

「…………な、に、を、言って……」

喘《あえ》ぐように呟いたソフィーナに、ジーラットはあくまで淡々と答えた。

「私は、ええと、そう、アンリエッタの言うところの『お買い得』ですよ？　強いし、旅慣れていますし、人の気配を察するのも得意。追っ手も簡単に撒けます」

「い、え、そういう、話、ではない、と思う、のだけれど……その、アンリエッタとはどなた、という話でもなくて……」

「森の中で食料を見つけるのも得意なら、歌や賞金稼ぎで路銀を稼ぐこともできますし、魔物退治もお手の物――だから連れていってください。損はさせません」

再び頭が真っ白になり、しどろもどろになるソフィーナに、ジーラットは真面目に応じた後、「ちなみに、アンリエッタとは私のもう一人の親友です」と微笑んだ。

（いっしょ、に……、わたし、と……）

彼らを裏切って城を逃げ出したにもかかわらず、柔らかく笑いかけてくれるジーラットの顔を見ていたら、今度こそ泣けてきた。

「ほ、んきで言っているの……？」

「ええ」

頷いた彼の姿が涙でにじんでいく。本当にどこまで人がいいのだろう。

「だめ、逃亡扱いになるわ」

「なりません。だって私たちに下されている命令は、あなたをお守りすることですから」

騎士は上の許可なく持ち場を離れてはいけない。破れば当然罰則がある、と止めるソフィーナにジーラットは笑った。

「あー……妃殿下がどこで何をなさっていても、守ってさえいれば問題がないって言う気だ……」

「さすが親友」

「それ、嬉しくない」

ジーラットの無茶苦茶な案に、バードナーはため息をつきながら、いつも通りの緊張感のない声で応じた。

それから彼は天を仰ぎ、「……なるほど」と呟くと、おもむろにソフィーナの前に屈んだ。腕をとり、傷を見て顔をしかめる。

「あーもー、こんな無茶して。怪我しちゃってるじゃないですか」

「バードナー……」

外套《がいとう》のポケットから消毒液と薬を取り出し、「すみません、お側を離れるべきじゃなかった」と言いながら、手当てしていく。

「それは私がそっとしておいてと言ったからで……」

「ほんと、ほっとけないですね。こんな大胆なことを思いついて実行しちゃう方。普通、襲われてすぐにこんなことします？」

「……」

ソフィーナは茶色の目を優しく緩ませて苦笑するバードナーを呆然と見上げた。頭に大きな手が落ち、なだめるようにその場所を穏やかに撫でられる。


「俺、メアリーに少しカザレナを離れるって話してくるから」

「じゃあ、マイソンの宿場町の食堂で落ち合おう」

「いや、その手前の脇道で北に入ってくれ。街道から逸れた生活路だよ。しばらく進むと小さな村があるから、そこの木賃宿で。バードナーの名を出せば、馬を世話してくれるから……って、路銀ある？」

「あんまり。馬を買った後は野宿して、その辺で狩りでもするさ」

「……妃殿下はそれじゃきついだろ。いいよ、俺がなんとかする」

「なんなら実家に声かけてくれてもいいけど？」

「それぐらいなら俺の実家に行く。親父《おやじ》さん、また激怒させる気か。そのうち倒れるぞ」

バードナーはため息と共に、「ほんと、フィルといるといつもとんでもない目に遭う」とジーラットを一睨みして、駆け出していった。

小さく舌を出してその彼を見送ったジーラットは、座り込んだままのソフィーナに手を貸してくれた。

「……本気、なの……？」

「さっきヘンリックが言った通りです。私は命令に忠実なんです」

呆然とするソフィーナににっと笑うと、彼はその手を引き上げた。そして、眉を跳ね上げ、ソフィーナの指先についた土を払う。

「何を言っているの、どこでもいいから守っていればいいなんて言い訳、きっと聞いてもらえない。もし、もしも罰が下ったら、ただでは済まないはずよ」

「その時はハイドランドで雇ってください」

「ねえ、冗談じゃないの。よくて失職、下手したら犯罪者よ？」

「騎士団にいるのは大事なものを守りたいからです。目的と手段を取り違えはしません」

静かに、けれど頑として言い切った彼をソフィーナは見上げる。

夏の午後の蒸し暑い風が汚れた路地に吹き込んできて、彼の前髪を巻き上げた。額と髪の生え際にかけて、美しい顔に不釣り合いな大きな傷があることに気づく。その下にある目はひたすら優しい。

「大体……ジーラット、あなただけは知っているでしょう、私がこんな無茶苦茶なやり方で帰ろうとしているのは、もうどうでもいいと思っているからだって……」

何がどうでもいいのか、この期に及んで口に出せない自分が情けなくて涙声になった。

時間がかかったとしてもフェルドリックを説得し、ハイドランドの王位継承者という地位を明かしてカザックの同意を得、それからハイドランドの救援に向かうというのが本来のやり方だ——ソフィーナが今後カザックでやっていこうと思うならば。

そこを気にかける必要がなくなったから、ソフィーナは最短かつ確実にハイドランドに帰れる可能性が最も高い方法を選んだ。説得に時間をとられたくなかった。次のハイドランド王位継承者として、カザックに留められるリスクを負いたくなかった。シャダなどに狙われることも承知で、それでも——。

唇を噛みしめたソフィーナをジーラットはまっすぐ見つめた。

「行きましょう。何を引き換えにしてでも、あなたに幸せでいてほしいと願っている人がいる――必ず守ります」

そう微笑む彼の手はひどく温かい。

(幸せ、を、願って……?)

『大丈夫、安心していい』

ジーラットの言葉に疑問を覚えた瞬間、いつかの夜に聞いた声が頭に響いて、ソフィーナはつい――、

「……」

その手をぎゅっと握り返してしまった。

＜初出＞
本書は、2022年にカクヨムで実施された「第8回カクヨムWeb小説コンテスト」で恋愛（ラブロマンス）部門《特別賞》を受賞した『冴えない王女の格差婚事情』を加筆・修正したものです。

メディアワークス文庫

冴《さ》えない王女《おうじょ》の格差婚事情《かくさこんじじょう》1

戸野由希《とのゆき》

2023年12月25日　初版発行

発行者　山下直久
発行　株式会社KADOKAWA
〒102 - 8177　東京都千代田区富士見2 - 13 - 3
0570-002-301（ナビダイヤル）
装丁者　渡辺宏一（有限会社ニイナナニイゴオ）
印刷　株式会社暁印刷
製本　株式会社暁印刷

ISBN978-4-04-915411-5 C0193

メディアワークス文庫　https://mwbunko.com/

本書に対するご意見、ご感想をお寄せください。

あて先
〒102-8177　東京都千代田区富士見2-13-3
メディアワークス文庫編集部
「戸野由希先生」係

犬を拾った、はずだった。
わけありな二人の初恋事情

縞白

犬に見えるのは私だけ？？
新感覚溺愛ロマンス×ファンタジー！

　ボロボロに傷ついた犬を拾ったマリスは自宅で一緒に生活することに。

　そんな中、ある事件をきっかけにマリスの犬がなんと失踪中の「救国の英雄」ゼレク・ウィンザーコートだということが判明する！

　普段は無口で無関心なゼレクがマリスにだけは独占欲を露わにしていることに周囲は驚きを隠せずにいたが、マリスは別の意味で驚いていた。

「私にはどこからどう見ても犬なんですけど!?」

　摩訶不思議な二人の関係は、やがて王家の伝説にまつわる一大事件に発展していき——!?

メディアワークス文庫

不遇令嬢とひきこもり魔法使い
ふたりでスローライフを目指します

丹羽夏子

**胸キュン×スカッと爽快!
大逆転シンデレラファンタジー!!**

私の居場所は、陽だまりでたたずむあなたの隣——。

由緒ある魔法使いの一族に生まれながら、魔法の才を持たないネヴィレッタ。世間から存在を隠して生きてきた彼女に転機が訪れる。先の戦勝の功労者である魔法使い・エルドを辺境から呼び戻せという王子からの命令が下ったのだ。

≪魂喰らい≫の異名を持ち、残虐な噂の絶えないエルド。決死の覚悟で臨んだネヴィレッタが出会ったのは、高潔な美しい青年だった。彼との逢瀬の中で、ネヴィレッタは初めての愛を知り——。見捨てられた令嬢の、大逆転シンデレラファンタジー。

魔法のiらんど大賞2022小説大賞・恋愛ファンタジー部門《特別賞》受賞作。

メディアワークス文庫

どうも、前世で殺戮の魔道具を作っていた子爵令嬢です。1

優木凛々

親友の婚約破棄騒動——。
断罪の嘘をあばいて命の危機!?

子爵令嬢クロエには、前世で殺戮の魔道具を作っていた記憶がある。およそ千年後の平和な世に転生した彼女は決心した。「今世では、人々の生活を守る魔道具を作ろう」と。

そうして研究に没頭していたある日、卒業パーティの場で親友の婚約破棄騒動が勃発。しかも断罪内容は嘘まみれ。親友を救うため、クロエが真実を全て遠慮なくぶちまけた結果——命を狙われることになってしまい、大ピンチ！

そんなクロエを救ってくれたのは、親友の兄であり騎士団副団長でもあるオスカーで？